www.einaudi.it

ISBN 978-88-06-25190-1

Marco Presta

Il prigioniero dell'interno 7

Einaudi

Il prigioniero dell'interno 7

a Enrico,
da cui mi illudo di aver
imparato qualcosa

a Marina,
per ogni giorno

1.

È sincera l'amicizia tra un ristorante di pesce e una famiglia di vongole? Non credo. Potrei chiudere il corsivo di oggi affidando questo dubbio ai lettori.

Ho l'impressione, però, che le mie incertezze dovrebbero consacrarsi a questioni piú concrete. La maggior parte delle cose che faccio e dico durante la giornata sembra non avere senso. Si tratta semplicemente di ripetizioni, di abitudini: sono l'alabardiere di una tragedia in costume e ripeto sempre la stessa insulsa battuta.

Me ne sto disteso sul mio vecchio divano, la fantasia della stoffa che lo ricopre è ormai irriconoscibile, potrebbe raffigurare dei fiorellini o delle conchiglie o un breve tratto dell'intestino tenue. Sento voci provenire da fuori, non mi rendo subito conto di cosa stia accadendo, forse gente che litiga. Poi capisco: è un canto, che si leva sempre piú sicuro. Le parole della melodia dicono che è primavera, che lui la ama e che tutto il resto non conta.

Cantano. Cantano tutte le sere sui loro balconi.

All'inizio erano canzoni con un forte significato simbolico: l'inno nazionale o vecchi brani di cantautori impegnati. Adesso il livello è franato, lo spirito patriottico ha ceduto il posto alla voglia di talent show che percorre il Paese.

Cantate, fratelli miei. Fratelli d'Italia. Ci dimentichiamo di pagare le tasse e se fuori pioviggina evitiamo di andare a votare, ma in certe situazioni impieghiamo un secondo a tirare fuori il tricolore.

3

Dalla finestra aperta inneggiano a un gelato al cioccolato. Forse è vero quello che dicono gli scienziati: il virus colpisce anche il cervello.

Antonietta mi informa che oggi fa freddo. I nostri dialoghi sono solo di natura meteorologica: «Fa freddo» in inverno, «Fa caldo» da giugno in poi. Durante le mezze stagioni, la conversazione langue.

Sta per lavare il pavimento del soggiorno.

– Per un po' è meglio che non vieni.

Si ferma e poggia lo spazzolone al muro. Non sembra aver capito quello che le ho appena detto, mi guarda come un parigino a cui hai chiesto un'indicazione sbagliando la pronuncia di una vocale.

– Per via del virus... per la sicurezza di entrambi, voglio dire...

– Non devo venire piú, Vittò?

Secoli di abitudine al peggio hanno programmato le persone come lei ad aspettarsi sempre un finale tragico.

– No, non intendevo questo... solo per qualche settimana, finché non torniamo alla normalità.

Annuisce di fronte all'inevitabile e riprende a strigliare il parquet.

Non esiste sensazione piú pericolosa nella vita che sentirsi al sicuro. Magari hai poco piú di quarant'anni, fai un bel lavoro, guadagni bene, stai cominciando a metterti comodo. Cosa può succederti?

Un'epidemia globale.

Mi sento come quel ricco commerciante egiziano che tornando a casa dal mercato dopo aver venduto le sue vacche, allegro e con le tasche piene, all'improvviso fu centrato dalla pioggia di fuoco mandata da Dio contro il Faraone. Si spense nello stupore. Ieri come oggi, la piaga d'Egitto è sempre dietro l'angolo.

Antonietta ha finito e s'infila il soprabito. Ci scambiamo

uno sguardo mesto. Lavora a casa mia da tanti anni, c'è qualcosa di antico che ci unisce – e non parlo solo della polvere sopra i pensili della cucina.

Se ne va, la sua figura imponente caracolla giú per le scale. Nelle settimane a venire farà le pulizie solo per il marito, la sua attività sarà declassata da lavoro domestico a matrimonio.

Ho letto una notizia che potrebbe essere adatta alla mia rubrica: in Africa un turista si è sporto dal finestrino dell'automobile e ha accarezzato un leone, che miracolosamente non l'ha azzannato. Questo dimostra che gli imbecilli purtroppo non sono commestibili. Peccato, perché avremmo risolto il problema della fame nel mondo.

Il mio appartamento è troppo piccolo, a volte mi sembra di essere un contrabbasso infilato nella custodia.

Ogni tanto mi metto a leggere gli annunci immobiliari su internet, con la stessa meticolosa perizia del detenuto che vuole organizzare l'evasione. Ho imparato che alcune inserzioni nascondono insidie sottili. La dicitura «delizioso attico», tanto per fare un esempio, si riferisce sempre a un orrendo sottotetto capace di raggiungere in estate la temperatura di un forno a legna; quando invece accanto alle foto dell'abitazione appare la scritta «prezzo su richiesta», c'è una sola cosa saggia da fare: non richiederlo.

Comunque ottanta metri quadrati sono pochi, seduto in soggiorno non devo neanche allungare il collo per abbracciare con lo sguardo i miei possedimenti. Per fortuna, sono certo che questa storia dell'isolamento domestico durerà poco. Tutti i giornalisti ormai lo chiamano «lockdown», il che dimostra la nostra tendenza a servirci di termini stranieri quando vogliamo parlare di qualcosa di cui non sappiamo nulla.

Nella mia casetta sull'albero arriva un rumore improvviso di cristallo in frantumi, un suono che sa di catastrofe, di danni involontari e scuse mortificate. In strada, qualcuno sta gettando delle bottiglie nella campana del vetro. Gli altri rifiuti sono silenziosi, hanno vergogna di loro stessi. Il vetro no, vuole morire gridando, in maniera fragorosa.

Suonano alla porta. Abbandono il computer e vado a vedere chi è.

– Disturbo?

«Disturbare» è uno dei bisogni primari dell'essere umano. Mangiare, riprodursi e disturbare. Disturbare sempre, a qualunque costo, non importa chi o cosa: i propri simili, le altre specie animali, la natura. Piazzate il vostro ombrellone su una spiaggia deserta e presto arriverà a un metro da voi qualcuno con la radio a tutto volume, affezionatevi a un prato in fiore e tempo un mese ci costruiranno un resort.

– No, non disturba affatto.

Mi ritrovo davanti Amedeo, l'architetto in pensione che vive nell'appartamento a fianco.

– Lei riesce a capire perché non funziona?

Mi porge un cellulare. La differenza generazionale fa di me un tecnico riparatore.

– Beh, non saprei... anch'io non ho molta confidenza con questi aggeggi...

Per fortuna mi accorgo subito che si trova in modalità aereo: chissà quanto lo avrà torturato prima di attivare per sbaglio quella funzione.

– Ecco, credo che cosí vada bene.

Amedeo mi guarda con meraviglia, come se avessi trasformato in ragú del lucido da scarpe.

– Grazie... grazie tante! Lei è stato davvero gentile!

– Non ho fatto niente, mi creda...

– È che volevo telefonare a mia figlia, ci sentiamo tutte le sere... e non riuscivo a farlo funzionare!

Rimaniamo in silenzio, l'assistenza tecnologica genera una gratitudine di breve durata.

– Vuole entrare? – Uno dei due doveva pure dire qualcosa, mi sono assunto io la responsabilità. Amedeo alza le mani e scuote la testa, solcare la soglia di casa mia deve sembrargli una pretesa eccessiva, soprattutto di questi tempi. Mi fa un mezzo inchino e si eclissa. Guardo i suoi capelli ondulati sulla nuca e la cinta dei pantaloni tirata troppo su, come capita spesso agli uomini anziani. Chissà se arriverò alla sua età.

I dati della televisione sono allarmanti, comprendiamo la metà del necessario e ci preoccupiamo il doppio. Ogni sera alle diciotto la Nazione resta col fiato sospeso ad ascoltare questa litania.

Il primo risultato della pandemia sulla mia vita è che stasera non uscirò con Floriana, ci siamo sentiti al telefono e abbiamo rinviato a data da destinarsi, come un incontro di calcio sospeso per maltempo.

Floriana ha un brutto carattere, lo dicono tutti. Ne parlano come se fossero due creature separate, Floriana e il suo carattere, come se lei camminasse per la strada e il suo carattere la seguisse due passi indietro.

È una persona simpatica e dolcissima, a una condizione: non conoscerla. Frequentarla con una certa assiduità rischia di cambiare l'impressione che suscita sulle prime.

Non è una donna, ma un gioco a quiz: se dai la risposta sbagliata, hai chiuso. Io la risposta sbagliata gliel'ho già fornita un paio di volte e senza nemmeno rendermene conto. Ho detto cose che l'hanno irritata, poi ho cercato di recuperare, pur non capendo esattamente da quale pantano dovessi tirarmi fuori. Lei ha contemplato la mia inadeguatezza e mi ha perdonato. Per il momento.

Floriana è bellissima, senza troppi giri di parole.

La bellezza è un valore, un privilegio rischioso, un gruzzolo ereditato senza alcuna fatica, un asso di briscola che non ti garantisce di vincere la partita.

Il cuore sostiene che l'amo, il cervello dice di no. Forse dovrei chiedere il parere del pancreas.

Bravo, fai lo spiritoso.

Finisco le tre righe che mi mancano e spedisco il pezzo al giornale. Chissà perché, provo uno strano senso di sollievo.

2.

Ho letto che un campione di pesca sportiva è morto fulminato vicino a un laghetto artificiale mentre si preparava a una gara. Nel corso dei millenni abbiamo rappresentato la divinità in tanti modi, forse una grande trota sarebbe la raffigurazione piú giusta.

Ho spedito il pezzo al giornale, sono già tre giorni che non esco di casa. Mi alzo, faccio colazione, poi la doccia, mi vesto e mi siedo alla scrivania. Dedico due ore alla lettura sul web di quotidiani e agenzie di stampa, seleziono una decina di notizie, ne scarto la metà e alla fine scelgo quella che mi sembra piú adatta. Dopo una ventina di minuti mi pento e riprendo una di quelle che avevo eliminato. La rileggo e arrivo alla conclusione che non va bene, quindi torno alla notizia iniziale e comincio a scrivere.

Sempre cosí, tutti i giorni.

Da un po' di tempo mi arrivano mail inquietanti, che cercano di convincermi ad acquistare prodotti di cui ignoravo addirittura l'esistenza. Ad esempio, una torcia tattica con funzioni strobo e sos, scocca in alluminio, capace di arrivare fino a cinquecento metri con ben sei diverse modalità d'illuminazione.

Perché me la propongono? Cosa pensano stia per accadere nel Paese, per quale motivo mi consigliano di tenerne una in casa? Io una torcia ce l'ho già, nel cassetto del mobile all'ingresso, è un modello tradizionale, a pila, ogni tanto la luce si affloscia e devi darle un paio di colpetti per farla funzionare di nuovo. Avrei voluto rispondere al mittente e chiedergli se è a conoscenza di un motivo particolare, un qualche avvenimento spaventoso che sta per verificarsi e di fronte al quale l'uso di una torcia tattica appare fondamentale.

Come se non bastasse, alcuni giorni dopo hanno cominciato a propormi un dispositivo portatile che rende potabile l'acqua di mare. Perché dovrei bere acqua di mare? Comunque, per mettere a tacere l'ansia, sono andato in soffitta a vedere se ho delle taniche. Ne ho due, una da cinque e una da dieci litri.

Dalla finestra della camera da letto vedo che la gente continua a passare per la strada, nonostante i divieti. Alcuni sfoggiano un'aria guardinga, altri fanno jogging, altri ancora portano a passeggio il cane. Forse hanno già comprato la torcia tattica e il dispositivo portatile per l'acqua di mare.

Non ho piú sentito Floriana, sono due giorni che non mi scrive neanche un messaggio. La sua strategia diplomatica è non far sentire davvero importante nessun Paese confinante. Quando abbiamo iniziato la nostra relazione, sapevo bene che quella donna mi avrebbe reso completamente infelice, ma ero cosí accecato dal desiderio che, mentre sottoscrivevo l'innamoramento, la clausola «disperazione assoluta» mi è sembrata trascurabile.

Mio fratello era un supermercato.

I miei genitori avevano un emporio alimentare, mia madre diceva che dentro potevi trovarci tutto quello che ti serviva per invitare a cena un vescovo (che per lei era il massimo dell'occasione mondana). Non ricordo che da noi sia mai venuto a mangiare neanche il parroco.

Io passavo i pomeriggi con mia nonna Adelina, che mi aiutava a fare i compiti da solo (l'infanzia di tutti noi è piena di contraddizioni del genere). A una certa ora, poi, mi portava al negozio da mamma e papà. Io ero contento, per quel piccolo supermercato provavo la stessa ammirazione che si nutre verso un fratello maggiore. Mi sembrava bello, imponente, apprezzato da tutti, indispensabile. Esattamente come un primogenito.

Con lui giocavo, correvo lungo i corridoi, mi nascondevo dietro le instabili piramidi di scatolame, mi mettevo a maneggiare i surgelati con voluttà, ci litigavo quando sbattevo contro uno scaffale o cadevo da un carrello.

Ogni tanto una delle sue casse mi allungava qualche spicciolo, come fanno a volte i fratelli piú grandi, un po' per affetto e un po' per ribadire una superiorità talmente evidente da potersi permettere di essere magnanima.

Ero cosí orgoglioso di lui che se fosse venuto a prendermi a scuola sarei stato il piú felice dei bambini.

Ricordo che in quarta elementare m'innamorai di una ragazzina e una sera pretesi che mi accompagnasse al mio supermercato, con la promessa di farle assaggiare le ciambelle piú buone di tutti i tempi. Entrammo, spingendo insieme le porte a vetri. Io ero emozionato, aspettavo di ricevere un parere importante su una persona che mi stava a cuore.

Poi, un giorno, i miei genitori decisero che era venuto il momento di andare in pensione. Io stavo per laurearmi e scribacchiavo già articoli per un paio di riviste.

Mi dissero che avevano intenzione di vendere l'attività. Rimasi senza parole, una cosa che mi è capitata di rado nella vita. Per me fu un vero e proprio lutto, e lí dentro non volli piú entrare. Otto mesi dopo mio fratello si era trasformato in una concessionaria di automobili francesi.

Si può odiare di tutto nella vita, anche un autosalone.

Le mie scorte alimentari stanno terminando. Fino a qualche settimana fa non avrei mai usato una frase cosí tragica, mi sarei detto semplicemente che avevo il frigorifero mezzo vuoto.

Ho visto in televisione che ci sono delle lunghe file per fare la spesa. Esco di casa con circospezione e un vago senso di colpa. Il supermercato è a un paio d'isolati, mentre mi avvicino vedo che fuori c'è una coda di un centinaio di metri, un domino di esseri umani in cerca di approvvigionamenti.

Ancora una cucchiaiata di ansia.

Mi avvicino all'ultimo, dietro di me arrivano subito altre due persone. Una signora esce dalle porte scorrevoli spingendo un carrello stracolmo, una montagna di provviste il cui picco innevato è costituito da un'enorme quantità di confezioni di carta igienica. Piú che di rimanere senza mangiare, gli italiani hanno paura di quello che potrebbe accadere loro dopo mangiato, se non opportunamente attrezzati.

Dopo quaranta minuti finalmente è il mio turno, entro e inizio ad arraffare roba a casaccio, come se stessi facendo qualcosa d'illegale.

Quando esco, mi rendo conto di aver dimenticato lo zucchero. Niente però potrebbe convincermi a tornare indietro, preferisco bere caffè amaro per il resto dei miei giorni.

Rientro nel fortino. Floriana continua a non rispondere, come se la leonessa avesse bisogno di dimostrare al facocero chi è il piú forte. La mando a quel paese dentro di me, per tre buone ragioni: perché sono stanco di come si comporta, perché vorrei essere trattato con tenerezza e – soprattutto – perché non può sentirmi.

3.

Sul portone, incontro uno degli inquilini del terzo piano. Si chiama Bruno, ha una bambina che tiene sempre la testa bassa e una moglie che gli urla contro tutti i pomeriggi, la sento attraverso il pavimento della stanza da letto. Qualche anno fa ha anche aperto un bar, perché il livello delle sue preoccupazioni non si abbassasse troppo.

– Ciao, – gli dico con le mani piene di buste.

– Ciao, – mi risponde con una voce piena di fenditure.

Ci fermiamo a parlare qualche momento nell'androne del palazzo, mentre fuori comincia a fare buio.

– Mi hanno fatto chiudere il bar, – mi confida, come se gli fosse impossibile parlare di qualsiasi altro argomento senza dichiarare prima l'assillo che lo accompagna. Dopo essersi qualificato rimane immobile, con la bottiglia di latte in mano.

– Vedrai che sarà per poco, roba di qualche settimana...

– Dici veramente?

Il fatto che io scriva su un quotidiano gli fa pensare che sappia cose segrete, informazioni riservate cui la normale popolazione non può avere accesso.

– Sicuro... credo che andrà cosí... – Avrò tanti difetti, ma non la sincerità. Lui aveva bisogno di sentirselo dire e io gliel'ho detto: l'onestà, in certe situazioni, è un ufficiale delle SS. Bruno annuisce, sembra rinfrancato.

– Qualche settimana... beh, qualche settimana va bene... ma non di piú, ho tutti i debiti del bar da pagare...

Sta aprendo una trattativa con la sorte e vorrebbe che io facessi da intermediario.

13

– Stai tranquillo, qualche sacrificio adesso e poi si torna alla normalità... – «Normalità», a pensarci bene, è un concetto che da vari millenni appioppa grandi fregature a noi uomini.

– Ci vediamo presto, vado a sentire il bollettino –. Sale a piedi per le scale, due gradini alla volta, mentre io aspetto l'ascensore.

La settimana prossima avrebbero dovuto darmi un premio a Viareggio per i miei corsivi. Una premiazione di solito è una triste, retorica, banalissima, insopportabile cerimonia. Tranne quando il premio lo danno a me. È saltato tutto, naturalmente.

Sull'ascensore m'è venuta in mente una cosa buffa.

Ho pensato che un gruppo di persone in isolamento volontario nel nostro Paese già esiste e se ne sta lí da settimane, minuziosamente separato dal mondo. Si tratta dei partecipanti a un reality show molto popolare: se morissimo tutti a causa di questo nuovo morbo, contagiandoci gli uni con gli altri in un crescendo inarrestabile, resterebbero solo loro dentro quella casa assurda, convinti di essere ancora in diretta. I primi esseri umani di una nuova era, cacciati da un Eden nel quale non cercavano la conoscenza ma solo l'inquadratura migliore.

Rientro nel mio appartamento. Nonostante ci abiti ormai da qualche anno, non ho ancora capito quale sia l'interruttore per accendere la luce nell'ingresso. Ne premo sempre due, prima di trovare quello giusto.

Mi siedo alla scrivania e mi rimetto a lavorare.

In Alabama, un granchio è scappato da un acquario. Mi è sembrata subito una storia meravigliosa. Aveva tentato piú di una volta e l'avevano sempre ripreso, scovandolo sotto il divano o dietro un vaso di orchidee. Alla fine ce l'ha fatta. La griglia dell'aria condizionata era stata tolta da un tecnico per una riparazione e lasciata su una sedia. Il granchio, nel silenzio ondulante dell'acquario, aveva osservato ogni mossa, pronto a rischiare il tutto per tutto.

14

Nella notte, mentre decine di pesci multicolori lo fissavano sgomenti, l'indomito crostaceo ha scavalcato per l'ultima volta la parete di vetro, s'è lasciato cadere sul pavimento e ha iniziato la sua corsa verso la libertà. È morto nel condotto dell'aria condizionata? È riuscito a raggiungere la spiaggia e da lí il mare? Non lo sa nessuno, ognuno è libero d'immaginare il finale che preferisce.

Se ce l'ha fatta, chissà quante cose avrà da raccontare agli amici.

Mi scervello da un'ora, ma non riesco a trovare un finale decente per il pezzo, che renda onore al coraggio del granchio e al suo senso della dignità.

È il mio destino: piú che difendere i miei principî, devo trovare i miei finali.

Stamattina, mentre bighellonavo davanti alla libreria del soggiorno, m'è capitato tra le mani un libretto giallo, la biografia di Pasternak. Ho scoperto di averla pagata diciotto euro. Poi, mentre cercavo *Le avventure di Tom Sawyer*, sono incappato nella biografia di Marcel Proust, il cui costo ammonta a ventisei euro. Ne deduco che l'esistenza di Proust vale piú di quella di Pasternak.

E poi dicono che la vita umana non ha prezzo.

Scendo per andare all'edicola a comprare il solito fascio di riviste, nella speranza di trovare spunti per il mio lavoro, che è uno dei piú crudeli al mondo. Sei costretto ogni giorno ad avere delle idee, ma non sempre le idee ti degnano della loro presenza: a differenza dei clienti d'un centro commerciale, non esistono saldi che possano attirarle. Senza considerare che molte idee sembrano buone solo nella nostra testa. Appena ne escono, ricordano certi turisti tedeschi che si aggirano per Roma d'estate.

Davanti all'edicola incontro Gloria. Abita nel mio palazzo da qualche mese. Non l'ho mai guardata con attenzione e non lo faccio nemmeno stavolta, perché è una di quelle persone che mentre parlano ti fissano negli occhi, e a me in questi casi viene subito il desiderio di distogliere lo sguardo. E poi, con la mascherina sulla faccia, potrebbe essere anche un sottufficiale dei carabinieri.

Però ha un buon odore.

L'importanza dell'odore nei rapporti interpersonali è sottovalutata o trattata come un argomento da barzelletta, perché ci piace ridere dei fetori altrui. Invece la fragranza emanata da un corpo è fondamentale, ci attira e ci lega piú di un bel paio d'occhi o di una chioma ondulata.

A volte ci innamoriamo di un deodorante.

Gloria mi dice che fa la veterinaria e lavora in una clinica privata del centro. La immagino con il camice bianco, il primo bottone aperto a valorizzare l'attaccatura del seno, circondata da cani e gatti di razza. Sentendola parlare, calma e comunicativa, inizio ad agitarmi.

– Ti leggo spesso sul giornale, – mi confida.

– Grazie, – le dico. Due sillabe, so farci con le parole.

– Come pensi che andrà a finire tutta questa storia? – Mi fissa ancora dritto in faccia, per qualche secondo sostengo il suo sguardo. Pure lei pensa che io possa usufruire d'informazioni riservate ed esclusive.

A grande richiesta, eseguo per l'ennesima volta la mia canzone di maggior successo: *Mah... finirà presto, secondo me...*

Ci salutiamo in mezzo alla strada e decido di sfruttare la momentanea immunità garantita dal mazzo di periodici che porto sotto il braccio. Uscire per acquistare giornali si può, quindi ho il mio salvacondotto.

Prendo un viale largo e alberato che conosco bene, i palazzi umbertini che lo delimitano mi sono sempre sembrati stupiti di non trovarsi a Torino. La maggior parte dei negozi è chiusa e io continuo a sommare un passo con il successivo per almeno un paio di chilometri, fino ad arrivare nella strada dove viveva quel supermercato di mio fratello.

Per un istante non credo ai miei occhi.

L'oltraggio francese è stato cancellato, l'autosalone non c'è piú. Al suo posto ora sfavilla un nuovo negozio di generi alimentari, prova inconfutabile che la reincarnazione esiste. Fuori, solo un paio d'individui in fila. La gente preferisce la grande distribuzione, gli ipermercati. Integrarsi in una massa ti fa sentire al sicuro: nel caso peggiore almeno non crepi da solo, fai parte di una strage.

Mi aggrego ai due anticonformisti della spesa e dopo dieci minuti riesco a entrare nel negozio.

Afferro un po' di scatolame, indispensabile in ogni dopobomba. Poi raggiungo la cassa, dove mi aspetta un tipo tarchiato, sorridente, con dei capelli pettinati all'indietro che si vedono solo in certi film degli anni Cinquanta.

– Questo negozio era mio.

Mi guarda perplesso, continuando a sorridere.

– Voglio dire che apparteneva alla mia famiglia, anni fa.

– Quando abbiamo comprato, qui c'era un autosalone... – si difende lui.

– Lo so, lo so... sono contento che siate arrivati voi... è come veder spuntare la cavalleria in un western, non so se mi spiego...

– Direi di sí... prende solo questo? – Il suo occhio esperto ha già condannato lo squallore delle mie scelte.

– Solo questo, grazie... tanto dimentico sempre qualcosa.

– Beh, non c'è problema... basta che ci fa una telefonata, le portiamo quello che vuole a domicilio –. Una frase meravigliosa, battuta solo da «ti amo», ma vorrei controllare il fotofinish. In un momento come questo, il pensiero di poter evitare le file, per un ansioso, è di grande conforto.

– Grazie, ne terrò conto –. Mi allunga un cartoncino con i suoi numeri telefonici, un fisso e un cellulare. Prima di uscire, mi guardo intorno. Non c'è niente che mi ricordi il passato, i pomeriggi trascorsi tra gli scaffali, l'odore del pane e della pizza.

Poi l'occhio mi cade sulla piccola insegna luminosa che dovrebbe segnalare agli avventori disorientati il banco dei formaggi. Hanno cambiato completamente la stigliatura del negozio, solo quella piccola insegna è rimasta al suo posto. È mio fratello che mi saluta.

4.

Un tizio decide di portare l'anziana madre a fare un giretto al centro commerciale. La poverina è costretta sulla sedia a rotelle e, a causa dei malanni dell'età, non appare molto lucida.

Il figlio arriva con la macchina sul piazzale antistante all'imponente edificio che ospita i grandi magazzini, scarica la carrozzina e ci piazza sopra la mamma, lasciandola vicino a una fontana mentre va a cercare parcheggio.

Ci mette giusto un paio di minuti, quando ritorna la trova con una banconota da cinque euro in mano. Non capisce, chiede spiegazioni alla madre, che non riesce a chiarire quanto è accaduto. Fa una decina di passi per andare a infilare una moneta nel parchimetro, e quando si volta per tornare indietro vede una ragazza che mette degli spiccioli nella mano della madre.

Ora capisce tutto: i passanti hanno preso quella creatura sfortunata per una mendicante, e le fanno l'elemosina.

In pochi minuti, la vecchietta ha già racimolato una decina di euro.

Il figlio gestisce una trattoria ormai moribonda, uno di quei locali che solo il cartello NUOVA GESTIONE potrebbe risollevare. Il suo cervello in pochi istanti costruisce una scenografia inedita, mai pensata prima, nella quale allestire il futuro. Va a fare un giretto all'interno del centro commerciale, appena un'ora. Al suo ritorno, la mamma sta guardando – senza comprendere di cosa si tratti – il denaro che le hanno messo tra le mani. Ventiquattro euro, in totale. Il figlio li prende, le dà una carezza sul viso, la sistema in macchina e se la porta via.

Dal giorno seguente, tutti i pomeriggi la vecchina viene lasciata davanti alla fontana per qualche ora, poi il figliolo passa a riprenderla, la trasporta con la massima premura fino a casa, dove le prepara un brodino e infine la sistema sul divano, davanti alla televisione, coperta accuratamente da un plaid.

Una bella storia d'amore filiale, molto moderna. L'ho scovata su un quotidiano locale, occupava soltanto un trafiletto. La tengo da parte ormai da una settimana ma non riesco a convincermi a usarla.

Floriana non s'è più fatta viva, irraggiungibile campionessa olimpionica d'inseguimento amoroso su pista. Dovrei riprendere a pedalarle dietro, insomma.

Ho telefonato a mia madre, a Perugia. Era spaventata, una condizione che una persona anziana non dovrebbe provare mai. Può essere stanca, forse annoiata, malinconica, ma spaventata no.

– È un brutto mondo, Vittorio, un mondo brutto... – mi ha sussurrato, mentre la radio in sottofondo rideva.

– A me sembra che il mondo sia uguale a se stesso, mamma, sempre. Non devi avere paura...

– Lo so, lo so, me lo dici ogni volta... ma io sono qui da sola e sento i telegiornali... – I ruoli di bambino impaurito e genitore rassicurante si sono invertiti, lo sappiamo tutti che le cose funzionano così, con il passare del tempo.

– Con te c'è Irene, non devi preoccuparti di niente...

– Irene sta con me solo perché la pago... fuma sempre sul balcone e il fumo sale, uno di questi giorni mi farà litigare con quella del piano di sopra...

– Non succederà, stai tranquilla... Irene è una brava persona, si prende cura di te e lo fa con coscienza... comunque, mamma, ti vengo a trovare presto...

– Quando?

– Presto.

Chiudo la telefonata e offro una tazza di caffè al mio senso di colpa. Mi dico che dovrei portare mia madre qui da me a Roma, questo sarebbe il dovere di un figlio affettuoso e responsabile. Poi però la difesa prende la parola e spiega alla corte che quella signora anziana non sarebbe felice, sradicata dalle sue abitudini, dalle sue certezze, dalla sua poltrona marrone in broccato, dall'assistenza puntuale ed efficiente della sua badante. In una grande città, inoltre, il rischio di contagio è di certo molto piú alto. Senza considerare che il mio appartamento è troppo piccolo e in due finiremmo per pestarci i piedi.

La corte si riunisce e mi assolve, ma la stampa già parla di un nuovo caso O. J. Simpson.

Intanto, continuano ad arrivarmi mail dall'Apocalisse.

La prima mi proponeva l'acquisto del drone Black Eagle, pieghevole e con telecamera HD. La cosa impressionante – ci ho riflettuto dopo – è che sono rimasto qualche minuto a pensare se quello sgorbio alato potesse servirmi.

Poi m'è arrivata la pubblicità di un dispositivo per misurare il livello di ossigeno nel sangue. Al livello di ossigeno nel mio sangue non ci avevo mai pensato, prima della pandemia. Lo slogan era accattivante e diceva: «Le dimensioni compatte e l'astuccio molto robusto ti permetteranno di portarlo con te ovunque tu vada!» Sí, una gran comodità. Vengano pure il terremoto e la carestia, potrò sempre tenere sotto controllo la mia ossigenazione. Questo in effetti l'ho comprato, ma solo per curiosità.

Poi, mentre passeggiavo per casa e non avevo nulla da fare, sono caduto nel tombino della nostalgia.

M'è mancata Floriana. Non era una mancanza casta, lo riconosco, mi sono tornati in mente certi momenti, diverse sue espressioni, varie frasi concitate, alcune nostre capriole particolarmente riuscite.

Allora le ho mandato un messaggio. Ho citato il poeta:

«E la storia del nostro impossibile amore continua anche senza di te».

Me ne sono pentito quasi immediatamente. Non credo potrà capire: è una signora che ha tanto da mostrare nel suo catalogo, eleganza e sarcasmo, malinconia e temperamento. Non la pietà.

Le ho scritto soprattutto per non dovermelo rimproverare in futuro. Nel settore «rimpianti», ho solo posti in piedi.

Gli ultimi tre o quattro pezzi che ho mandato al giornale mi sembrano buoni. Quando si fa un mestiere inesistente come il mio, produrre qualcosa di cui non vergognarsi è già un risultato soddisfacente.

È quasi un mese che non vado in redazione e sto come un Papa. Il motivo di questa lontananza è inattaccabile, in pochi oserebbero mettere in discussione il mio desiderio di sopravvivenza. Prima del confinamento, sentivo il dovere di passare almeno una volta alla settimana.

«Ciao Direttore, come va?», «Ehi, vecchia canaglia, andiamo a prendere un caffè!», «Ma guarda chi si vede: sei fuori su cauzione?» Quelle cose, insomma, che ti garantiscono un posto nell'equipaggio del galeone pirata.

Dopo una raffica dei soliti formalismi informali, tornavo a casa a lavorare. Adesso mi limito a telefonare alla segretaria del Direttore, le comunico l'argomento dell'articolo e se entro un quarto d'ora non mi richiama inizio a scrivere.

Floriana non ha risposto. Se pensa che uno come me potrebbe aspettarla per ore davanti al suo portone, sbaglia di grosso.

Potrei farlo anche per giorni.

Al momento però tutto sembra fermo, ho l'impressione che nulla possa accadere, che pure l'aria si sia sdraiata sul pavimento e non abbia piú intenzione di muoversi.

Ancora una volta i dati in televisione sono pessimi. Non conosco nessuno che abbia contratto questa nuova malattia, però non ho neanche mai visto un ornitorinco, eppure esiste.

È qualche giorno che mi gratto di continuo le braccia, come un imbianchino che raschia via la vernice vecchia da un muro. È inutile chiamare il medico, mi direbbe che si tratta di stress, la grande diagnosi universale che ci accomuna tutti.

Ieri Umberto mi ha invitato a cena da lui. Con le nuove norme non si potrebbe, ma se trasgrediscono impiegati e ferrotranvieri, figuriamoci uno che crede di essere Thomas Mann redivivo. Dice che un suo amico chef preparerà un menu solo vegetale, olio a crudo e radicchio alla piastra. È strano: un terzo dell'umanità vuole a tutti i costi mangiare sano, i restanti due terzi vorrebbero semplicemente mangiare.

Umberto è quel tipo di persona che non delude le tue aspettative: è cretino come sembra. Fa lo scrittore di successo, sin dal primo libro la sorte gli ha sorriso. Un sorriso per me indecifrabile, simile a quello della Gioconda. Gli ho risposto che non potrò esserci, a causa di un precedente impegno. Il coraggio di dire semplicemente «No, grazie» non l'ho mai avuto.

Non succede niente, assolutamente niente, vivo dentro una bolla e dal mondo esterno non arriva nessun rumore.

Ho finito il pezzo, lo spedisco. Fuori da qualche parte c'è gente con la febbre, che tossisce. Forse qualcuno muore. Non succede niente.

Ho scoperto una storia che vale la pena raccontare.

Siamo alla fine degli anni Quaranta, la guerra è finita da un quarto d'ora e gli italiani stanno tirando fuori la testa dalle macerie.

Gianni è un agente di commercio, vive a Milano con la

famiglia ma vorrebbe andare via dalla grande città, stabilirsi con la moglie e i figli in un centro piú piccolo, meno affollato e piú placido. Per il lavoro che fa, è costretto a viaggiare attraverso l'Italia, quindi partire da Milano o da un altro posto per lui è la stessa cosa.

Una mattina di settembre viene spedito dalla sua ditta a mostrare il campionario di dolciumi al proprietario di una grande pasticceria in un paesino ligure. Rimane incantato dal luogo, dal mare, dalle palme, dalla gente che cammina piano per le strade. Negli anni successivi, Gianni lavora sodo con in testa un progetto preciso: andare a vivere con i suoi in quel piccolo borgo sereno fuori dal mondo.

Alla fine ci riesce, dopo una serie di sacrifici ai limiti della canonizzazione. Risparmiando su tutto, la famiglia dell'agente di commercio si trasferisce in un appartamento non lontano dal corso principale di quel borgo idilliaco. Gianni è quasi spaventato dalla felicità che sembra aver raggiunto, ha dato alla moglie e ai suoi ragazzi una casa con quattro stanze e un camino, vicina al mare, in un posto dove la gente parla sottovoce e non piove mai.

La confusione di Milano è distante, la tranquillità potrebbe diventare il sapore della loro esistenza.

L'anno seguente, in quel piccolo paese della Riviera ligure viene organizzato il primo Festival della canzone italiana. Da allora, ogni anno per varie settimane arrivano cantanti, impresari, giornalisti e un bestiario variopinto che con il pentagramma ha poco da spartire. Tutti cantano, urlano, intervistano e si fanno intervistare, polemizzano, si commuovono, ringraziano. E tutti, da settant'anni a questa parte, vengono stramaledetti da Gianni, che adesso ha novantacinque anni e la radicata certezza che la felicità sia solo un'illusione.

Avrà ragione Gianni? Mi guardo bene dal dare una risposta e concludo l'articolo.

Floriana alla fine s'è decisa e mi ha mandato un messaggio: «Magari senza di me la nostra storia va avanti meglio…»

Non so per quale motivo preferisco scriverle, invece di telefonarle. Forse perché pensare a lei come a un personaggio letterario piuttosto che come a una creatura vera, in carne e ossa, mi spaventa meno. L'amore, con lei, è una deliziosa condizione di preoccupazione costante.

Ho l'impressione che la signora dell'ultimo piano dia in prestito il suo cane, un vecchio pointer inglese. Ogni tanto vedo qualcuno uscire dal nostro portone tirandosi dietro Jack – mi sembra che si chiami cosí – per portarlo Dio solo sa dove. All'inizio pensavo che la proprietaria stesse male. Stare male, di questi tempi, è una cosa che fa paura. Poi però l'ho vista dal balcone che camminava in strada con i suoi passetti veloci, trascinandosi dietro il carrello della spesa. Alla decima persona che andava a fare una passeggiata con Jack, mi sono convinto che dietro c'è qualcosa di losco, qualcosa che nulla ha a che spartire con l'attività diuretica di quella povera bestia.

La signora dell'ultimo piano affitta il suo cane a individui che altrimenti non avrebbero altra giustificazione per uscire di casa. Dopo il cane da caccia e il cane da guardia, ecco il cane da paraculo.

Oggi mi portano la spesa a casa. Ho chiamato il numero scritto sul cartoncino che l'uomo dai capelli antichi mi aveva allungato alla cassa. Ero convinto che non sarebbero venuti, che qualcosa avrebbe inceppato la macchina imperfetta dell'esito felice.

Invece no.

Mi ha risposto una voce gentile, quasi manierosa. Voleva sapere cosa mi servisse e mi ha colto di sorpresa. Non mi aspettavo l'agguato dell'efficienza, cosí ho improvvisato: fusilli, biscotti, affettati.

All'improvviso, un tale suona al mio citofono e io lo autorizzo a portarmi su quello che ho ordinato.

Resto per qualche minuto in bilico su un vago senso di onnipotenza, poi smisto i viveri tra la dispensa e il frigorifero. Posso procurarmi il cibo senza dover uscire a caccia, evitando di affrontare la giungla.

Comincio appena a rilassarmi, quando mi arriva una nuova pubblicità via mail. Mi propongono un coltello da stivale con coprilama in Kydex, placca con clip e cordino paracord.

L'ansia si riaffaccia immediatamente.

Cosa prevedono che possa succedermi nelle prossime settimane? Perché non parlano chiaro?

5.

Stamattina la signora Cantarutti ha deciso di suonare alla mia porta. Abita nell'appartamentino che era occupato dal portinaio, quando avevamo un portinaio. Apro e me la trovo davanti, un piccolo tronco di acacia potato a casaccio. Rimaniamo entrambi con una faccia inespressiva per qualche secondo, poi lei, senza neanche salutare, mi mette a parte di una comunicazione che reputa importante:
– Sono assolutamente contraria alla sanificazione della tromba delle scale.
Non è solo contraria, è *assolutamente* contraria.
– Quindi? – le rispondo disorientato dal suo blitz.
– Lo dico a lei come lo sto dicendo a tutti i condomini. Sono assolutamente contraria al fatto che si buttino dei soldi per una cosa inutile!
– La ringrazio di avermelo voluto dire.
– Questa buffonata del virus finirà presto, è solo una storiella inventata per fregarci... lei lo sa, no?
Mi sta mettendo alla prova, perché esca allo scoperto e le sveli da quale parte della barricata mi colloco. La pandemia è un'invenzione e io devo saperlo per forza, perché lavoro in un quotidiano. Di conseguenza, se non sono d'accordo con lei, significa che sono complice di Quelli.
Chi siano «Quelli» non riesco ancora a capirlo, al momento rimane un enigma rinchiuso nella testa della signora Cantarutti.
– Non sono uno scienziato. Prendo atto di quello che leggo sui giornali e che sento in televisione.

La signora Cantarutti inizia a sciabolarmi con lo sguardo, il fatto che io non sorrida e non le risponda con il saluto segreto degli Illuminati per lei è già un tradimento. Gira sui tacchi, operazione non facile da eseguire calzando le ciabatte, e infila le scale.

Sembra che le persone ricoverate negli ospedali non possano entrare in contatto con nessuno, neanche con i parenti piú stretti. Rimani da solo, con una malattia che non conosce neanche il medico che ti sta curando, dentro uno dei posti piú preoccupanti del mondo. Al piano di sotto, la moglie di Bruno ricomincia a urlare contro il marito. Altro che unioni civili, il vero problema sono le unioni incivili. E ce ne sono tante.

Penso di uscire a fare una passeggiata, ma mi rendo conto che lo farei piú per una scelta ideologica che per un sano, reale desiderio di navigazione nel mondo.

Me ne sto rintanato in casa con piacere, mi sento al sicuro e non solo dalla malattia. Potrebbe trattarsi di un campanello d'allarme sulla mia salute mentale, ma la cosa piú giudiziosa da fare è ignorarlo, come ho sempre fatto con tutti i campanelli d'allarme (a volte, un vero concertino) che hanno suonato nel corso di questi anni.

Si è da poco dissolto nell'aria l'odore di tuberosa che la signora Cantarutti dispensa al suo passaggio, quando squilla il telefono. È il Direttore del mio giornale. Di solito non chiama mai, se lo fa è perché c'è qualche grana.

– Ci hanno querelato, – mi dice con una certa brutalità.

Un Direttore serio, degno della D maiuscola e soprattutto dell'aggettivo «responsabile» che accompagna il suo titolo, parla sempre al plurale e si fa carico anche delle tue colpe, è un autentico Messia del giornalismo.

– Che è successo? – chiedo io, con il candore di chi vende carciofi cimaroli ai bordi di una statale e non si è mai occupato di coglionare il prossimo a mezzo stampa.

– Ci sei andato pesante con il Banco Meneghino, a quanto pare. Dicono che li hai diffamati.

– Ma per carità... – cerco d'imbastire la mia difesa.

– Lo so, lo so... tu hai fatto solo il tuo lavoro. La recita di Natale è sempre la stessa: articolo 21 della nostra Costituzione, che sancisce la libertà di stampa. Ci appelliamo a questo diritto inalienabile. Se riescono ad alienarlo, ci fanno il culo. Comunque, adesso lasciamo che sia l'Editore a parlare con quei signori. I Giganti, alla fine, trovano quasi sempre un accordo. Ciao.

Riaggancia, i fronzoli non sono il suo forte.

L'antica viltà del ragazzino che scappando a gambe levate strillava improperi al bullo della classe torna a riemergere. La diffamazione è un reato penale. C'è incappato anche Guareschi, che però a differenza mia era un lottatore, aveva scritto di Peppone e Don Camillo e portava i baffi.

Mi verso mezzo bicchiere di Morellino, poi decido di rileggere il corsivo che ha suscitato lo sdegno dell'istituto di credito.

Fa ridere. C'è una battuta sul fatto che le banche un tempo cercavano di tener lontani i rapinatori, adesso li integrano nel CdA. È bella, tutta tonda e tornita, la Mae West delle arguzie. La condivido tuttora, mi trovo d'accordo con me stesso come mai prima. Sono prevenuto nei confronti delle banche? Certo. Questo non significa nulla, lo sono anche nei confronti del nazismo o di Belzebú. Non mi aspetto nessun cambiamento: loro continueranno a fare i loro interessi, con i metodi che hanno sempre usato, io a scrivere sul giornale. Il giullare deve essere libero e intoccabile, è l'unico che possa prendere in giro il Re.

Ecco, ora che ho fatto la tirata di rito sulla libertà di satira la parte coraggiosa di me – in percentuale, non piú grande di un seme all'interno di una mela – può andare a farsi un giretto, lasciando tutto il resto del frutto a tremare sul divano.

Già due anni fa ho avuto problemi con un'influencer, una tale che si fa chiamare la Barista Demoniaca e che inventa nuovi cocktail per alcolisti senza fantasia. Una cosí sembra messa al mondo apposta per essere perculata, dovrebbe accettare con serenità e un minimo di *savoir-faire* il suo ruolo, che peraltro le frutta bei soldoni.

Lei invece è una Barista Permalosa, e mi ha aizzato contro mezzo milione dei suoi barboncini sui social. Ho vissuto una settimana stroboscopica, con gli squadristi di Instagram che me ne dicevano di tutti i colori, da sessista a scribacchino ignorante.

Ho atteso la querela per un paio di mesi, fingendo serenità ma consultando ogni due giorni un mio amico avvocato.

Alla fine non se n'è fatto niente, la Barista Demoniaca cercava solo visibilità.

Ma una banca è una cosa diversa. Un'influencer ha gli stessi effetti di un peto in automobile, apri il finestrino e, dopo qualche secondo, il cattivo odore se n'è andato. Un istituto finanziario invece non ha tempo da perdere, non cerca di farsi pubblicità, se si sente screditato colpisce, la sua credibilità è sempre talmente poco credibile che non esita ad attaccare per difenderla.

Passo il resto della giornata tra foschi pensieri, un giovane Werther invecchiato che insegue i suoi dolori giudiziari.

Quando mi metto a letto, mi accorgo che per almeno tre ore non ho pensato a Floriana, e neppure al virus. Anche una querela ha i suoi lati positivi.

6.

Offendersi durante una pandemia è un paradosso, come cercare un tabaccaio aperto durante un'eruzione vulcanica.

Umberto però è in grado di riuscirci. Insiste con il suo invito a cena. Non mi spiego il motivo di questo accanimento conviviale – e illegale – nei miei confronti. Gli ho risposto che non potevo, senza troppe spiegazioni.

– Non puoi o non vuoi? Se non vuoi saresti gentile a dirmelo, cosí mettiamo fine a questo teatrino...

– No, ma figurati... è che sto attraversando un periodo strano, non mi sento troppo bene... non devi prenderla male... – Non sono capace a difendermi nemmeno in polemiche del genere, essere in difficoltà mi mette in difficoltà.

– Non sarà che ti sei montato la testa, Vittorio?

Lo scrittore di successo vuole litigare, non c'è niente che io possa fare per evitarlo. Devo solo scegliere se abbozzare o replicare. Qualunque cosa io decida, lui litigherà lo stesso.

– Cosa vuoi dire, scusa... – La mia replica suona fasulla, quello che Umberto vuol dire si capisce bene. È una di quelle risposte che si danno per prendere tempo e vedere se il rivale rincula.

– Voglio dire che forse ti sei convinto di essere piú di quello che sei... ti sei costruito uno scalino e ci sei salito sopra.

Il personaggio che Umberto interpreta ha un problema: è scritto male.

– Tutto questo per non essere venuto a cena da te durante una pandemia?

– No, non fare il furbo con me... non parlo solo di questo... il modo in cui ti comporti nei miei confronti, ecco, lo trovo davvero irritante.

La sfolgorante marginalità del nostro rapporto ha scatenato in quest'uomo reazioni impensabili e pericolose, come l'esperimento di un chimico maldestro.

– Non mi sembra di comportarmi male con te, se l'ho fatto non era mia intenzione... – Sto cominciando a esprimermi come una lettera commerciale, non mi piace.

– Tieni le distanze... ecco, sei uno che tiene le distanze... perdona la franchezza, ma non puoi permettertelo... – Uno dei piú brutti dialoghi che siano mai stati concepiti. Il guaio è che non so come uscirne.

– Non capisco di cosa parli, te lo giuro... è vero, ho evitato di venire a cena da te ma senza un motivo particolare... non si tratta di tenere le distanze, diciamo che non attraverso un momento di grande socievolezza...

– ... o forse dentro di te mi detesti, mi detesti con tutte le tue forze... magari perché soffri di un complesso d'inferiorità...

Adesso è tutto chiaro. Voleva che partecipassi alla sua cena, ma come cameriere.

– Ora che mi ci fai pensare, Umberto, ci sono poche persone al mondo che mi suscitano minor senso di subordinazione di te. E bada bene: io di natura sono un invidioso. Se qualcuno scrive meglio di me – e ce ne sono – evito di leggerlo. I tuoi libri li ho letti tutti.

Dagli e dagli, anche l'esercito del Liechtenstein finisce per rispondere al fuoco.

– Ecco, finalmente hai sputato il rospo, credi che io e te facciamo lo stesso mestiere e sbagli di grosso... – Umberto sta cercando di non perdere il controllo, apprezzo molto questo suo sforzo.

– Non lo penso affatto, te lo garantisco, anche perché non ho ancora capito con esattezza che mestiere fai.

Umberto ride forte, una risata bellicosa, quasi una parata

militare per intimorire i nemici: – Uno scribacchino che s'è montato la testa, proprio come pensavo... ammesso che t'interessi quello che penso...

– Ho un grande rispetto di quello che pensi, anche perché credo che pensare ti costi una fatica immane.

Restiamo tutti e due in silenzio, ansimando, come dopo una rissa da bar.

– Benissimo. Quello che volevo dirti te l'ho detto... non è servito a molto, ma te l'ho detto –. L'autore di romanzi di successo è stanco, ha messo il mondo di fronte alla sua meschinità e il mondo, come sempre, non l'ha riconosciuta.

La sirena di un'ambulanza canta a squarciagola per la strada e io penso a quello cui di certo stanno pensando tutti gli abitanti della zona. Il virus ne porta via un altro.

Non esistono piú infarti, ictus, incidenti stradali, niente. Le vecchie patologie sembrano non interessare piú nessuno, come le star del cinema muto al sopraggiungere del sonoro. Se hai un'ischemia, di questi tempi, sei un poveraccio, un tipo antiquato che non merita l'attenzione di noi contemporanei.

Il gatto di Gloria scappa di casa ogni volta che lei apre la porta, è un fuggiasco per vocazione. Privato di quelle due ghiandole che da sempre creano piú problemi agli esseri umani che ai felini, s'è trasformato in un monumento vivente alla sua specie. Gli piace sistemarsi sul mio zerbino, grasso e ascetico, ormai lontano dagli affanni imposti dalle gonadi, in attesa che Gloria venga a riprenderlo, rimproverandolo con la forza di un phon contro un muro di cemento armato.

– Scusa, sai, è talmente veloce che neanche me ne accorgo... se dovesse sporcarti lo zerbino dimmelo, te ne compro uno nuovo –. Ho finto di aprire la porta casualmente, con l'intenzione di uscire. In realtà, l'avevo sentita arrivare per le scale e chiamare l'evaso.

– Ma figurati... con lui sdraiato qui sopra mi sento piú sicuro.

Gloria sorride e prende in braccio l'eunuco peloso. Mi rendo conto che non posso tornare indietro, stavo fingendo di andare chissà dove e capirebbe il bluff.

Scendiamo insieme, Gloria mi saluta e rientra in casa mentre io continuo la mia discesa. Arrivato al piano terra aspetto una manciata di minuti, sperando di non incontrare nessun inquilino del condominio. Mi posiziono vicino alle cassette della posta e fingo di controllare la mia, nel caso mi servisse un alibi. Quando ritengo che sia passato un lasso di tempo ragionevole, risalgo con l'ascensore, in modo che la veterinaria non mi veda passare.

Rientro nel mio appartamento e penso di aver concepito un piano perfetto. Scrivo ancora qualche riga, poi mi siedo sul divano e, finalmente, mi sento ridicolo.

7.

Il tempo indispensabile a cambiare discorso è due secondi.

Se ne aspetti meno, fai capire al tuo interlocutore che ti stai annoiando e che vuoi tagliare corto. Se ne aspetti di piú, con ogni probabilità lui riprenderà a parlare dello stesso argomento e ti toccherà arrivare in una nuova radura della chiacchierata per fargli cambiare direzione.

Mia madre conversa a voce piú alta del dovuto, come molte persone anziane. Va avanti che sembra un cingolato nella fanghiglia, spedita e inarrestabile, la presenza della controparte non le appare fondamentale. Quando parliamo al telefono, io riesco soltanto a piazzare qualche monosillabo qua e là, come pinoli sul castagnaccio.

– Lí da voi è meno rigido che qui. Molto meno, – m'informa. Vuole mettere subito in chiaro chi è tra noi due a rischiare la pelle per le avverse condizioni atmosferiche.

– Siamo a neanche duecento chilometri di distanza, mamma... il clima grosso modo...

– No, no, qui è tutta un'altra cosa. Mi fanno male le ossa, soprattutto quelle delle gambe.

Uno, due. Adesso.

– Hai letto il mio articolo di ieri? – Sono intervenuto con il tempo giusto.

– Molto divertente... sí, proprio divertente.

C'è rimasta male. Decido di tornare indietro e salvare la bambina nel palazzo in fiamme.

– In effetti, vedo sul mio cellulare che a Perugia ci sono tre gradi in meno di qui.

– Che ti dicevo? – Un pesce persico che salta fuori dal cesto del pescatore e torna in acqua. Quando la saluto mi sembra di buon umore, si rivolge alla badante chiamandola addirittura «cara Irene».

Oggi ho scritto di un tale che, in Olanda, è rimasto chiuso per tutta la notte nella cella frigorifera di un supermercato e si è scolato diciotto lattine di birra.

«L'ho fatto per scaldarmi», ha dichiarato quando lo hanno liberato, il mattino seguente. È tipico di noi esseri umani cercare di far passare per pregi i nostri difetti, per imprese meritevoli le nostre puttanate. Anche perché, a volte, combaciano davvero.

La televisione continua a mostrare curve, grafici, indici incomprensibili che dovrebbero scendere e invece salgono, terapie intensive che dovrebbero svuotarsi e invece si riempiono sempre di piú. Non ci riconoscono neanche il diritto di capire perché abbiamo paura, dobbiamo farlo sulla fiducia.

Guardo dalla finestra, un gruppetto di ottantenni attraversa la strada e mi fa pensare al carrello dei bolliti che un cameriere mi presentò trionfante in un ristorante di Milano anni fa. Dal piano di sotto mi arrivano soffocate le urla di rabbia della moglie di Bruno. Lo accusa di qualcosa, forse semplicemente di aver scelto lei tra migliaia di vittime possibili.

Non ho piú voluto sentire nessuno del giornale per la storia della querela. Se rimango zitto e immobile, mi sono detto, il pericolo potrebbe passare da solo.

M'è arrivata nella posta elettronica la pubblicità di un sistema d'allarme molto sofisticato, con fumogeno integrato per spaventare il ladro e tre chiavi intelligenti di nuova generazione comprese nel prezzo. Questo significa che le mie antiquate chiavi di casa non devono essere tanto intelligenti: ho un mazzo di imbecilli in tasca. Non ho mai considerato che la mia porta blindata potesse essere sorpassata, obsoleta, quasi arcaica. La porta di una capanna, insomma. Sono stato avventato, un incosciente. Mi avvicino all'uscio, lo apro, ne esamino la solidità, tento di valutare la sua inviolabilità.

Richiudo.

L'amministratore di condominio ha scritto a me e agli altri che, a causa dell'epidemia in corso, non si potrà tenere la riunione prevista per la settimana prossima.

Sono saltati pure la festa per i quarant'anni di mio cugino, l'appuntamento dal dentista, il progetto d'iscrivermi in palestra. Tra i tanti aspetti negativi, il virus ne ha anche qualcuno apprezzabile.

Gli approvvigionamenti alimentari proseguono con successo, ogni volta che telefono al supermercato capita qualcosa che continua a sembrarmi magico: mi portano la spesa. E sono diventato abbastanza bravo a compilare la lista delle cose che mi occorrono, non chiedo piú viveri a vanvera, seguo una logica, pasta, biscotteria, latte, vino, frutta. Di questo passo, corro il rischio d'imparare a badare a me stesso.

Insisto nel rimanere chiuso in casa a scrivere, la mia terapia è spulciare i quotidiani e i siti d'informazione per trovare notizie buffe, incredibili, da raccontare a un'Italia preoccupata per il futuro che la attende. Continuare a cercare il lato comico della vita è una forma di resistenza all'orrore che stiamo vivendo, un modo per non dargliela vinta. Finché riusciamo a ridere, non ci ha sconfitti del tutto.

Intanto la mia vecchia vita non mi lancia messaggi, non mi chiama, non sembra aver nulla da dirmi. Mi tiene a distanza. Il giornale non si fa sentire, Floriana – una Moby Dick un po' piú canaglia dell'originale – è tornata a inabissarsi, oggi addirittura mia madre non mi ha telefonato.

Ho paura che possa essere la quiete che precede una grande calamità naturale, e infatti suonano alla porta.

– Dove sono i miei genitori?

Davanti a me c'è Amedeo, il mio vicino di pianerottolo.

– Non lo so, – gli rispondo, spiazzato. La sua è una preoccupazione legittima. Solo che Amedeo ha ottantanove anni. Restiamo a guardarci per un lasso di tempo fuori da qualsiasi logica.

– Vuole entrare? – dice la mia voce. Amedeo valica la soglia, credo che non sia presente a se stesso. Fa un movimento strano con la mano destra, come se volesse afferrare qualcosa. Si guarda intorno, un dodicenne che è rimasto troppo tempo in fila per entrare nel parco divertimenti.

– Si sente bene?

Giustamente non mi risponde, ho fatto una domanda da bietolone. Se avessi chiesto dei soldi in prestito a un mendicante davanti alla chiesa, avrei mostrato piú lucidità.

– Quando tornano mamma e papà?

La risposta piú semplice a volte è la piú complicata da dare.

– Io… non credo che torneranno presto –. A pensarci bene, non sto dicendo una bugia.

Amedeo è minuto, consumato dal trascorrere degli anni, rimpicciolito dall'esistenza come le teste dei nemici appese alle cinture degli indigeni amazzonici. È sbarbato con cura, un'operazione che evidentemente riesce ancora a eseguire senza difficoltà, indossa la camicia e una cravatta il cui nodo deve aver combattuto a lungo con mani afflitte dall'artrosi. Emana il profumo di un dopobarba che non deve essere piú in commercio da anni.

Non so cosa fare.

– Si sieda. Le va un caffè? – Tento di normalizzare una situazione abnorme.

– No, no, caffè no –. Nella sua mente annebbiata devono essere riaffiorate le parole di qualcuno che gli ha raccomandato di andarci piano con la caffeina. Sullo stare seduto, invece, non ha ricevuto controindicazioni, e con movimenti che grondano cautela prende posto sul lato destro del mio divano.

– Vuole che chiami qualcuno?

– Zio Ugo, – replica subito, come se fosse una risposta ovvia.

– Se mi dà il numero... – Sono un autentico scimunito: lo zio di questo signore qui, a occhio e croce, dovrebbe avere almeno centodieci anni.

Amedeo ridacchia e scuote la testa. Per qualche istante sembra felice e sereno.

– Posso chiamare sua figlia, se vuole...

– Senz'altro, – mi risponde, piú per innata gentilezza che per aver compreso davvero quello che gli sto dicendo.

Lo lascio solo e vado in cucina, apro un frigo insolitamente affollato e verso del latte in un bicchiere. Quando torno in soggiorno, Amedeo s'è appisolato, la testa reclinata sulla spalla destra, una tregua di breve durata da una realtà che non riesce piú a spiegarsi.

Lo copro con un plaid, torno alla scrivania e riprendo a scrivere il pezzo per domani. Mi accorgo – evento imprevedibile – che lavorare con una persona in casa mi fa piacere, anche se si tratta di un vecchietto smemorato uscito di casa per cercare i genitori.

Esistono oggetti buoni e oggetti cattivi.

Legno, plastica, marmo, tutti i materiali hanno un'anima e le cose che vengono plasmate con loro tengono di conseguenza una determinata condotta.

Certi arnesi ci facilitano la vita, altri ce la complicano terribilmente. Alcuni vogliono aiutarci, sulla base di un'antica alleanza con la specie umana, altri sono schiavi che mordono il freno al nostro servizio, aspettando il momento giusto per assestarci una legnata. Lo scolapasta è un oggetto buono, cosí anche le lampade e i comodini. Lo spazzolone per i pavimenti è un tipo spigoloso, fa il suo dovere ma senza nessuna simpatia nei nostri confronti.

Le serrature ci odiano.

Amedeo è uscito di casa tirandosi dietro la porta e non ha portato con sé le chiavi.

L'ho perquisito durante il sonno, non c'è nulla nelle sue tasche, neanche il cellulare. Ecco un bel problema.

Chiedo agli altri inquilini del palazzo se la figlia di Amedeo ha lasciato a qualcuno di loro un mazzo di chiavi dell'appartamento del padre. Cadono tutti dalle nuvole. Gloria però sa dove abita questa benedetta figliola, le pare si chiami Aurora.

Andiamo in delegazione all'indirizzo che lei ricorda, un paio di chilometri a piedi. Il portinaio staziona davanti all'ingresso, un pastore maremmano che vigila sul suo gregge termoautonomo.

Quando accenniamo alla figlia dell'architetto, lui scuote la testa, la sigaretta tra le labbra che gli soffia il fumo nell'occhio destro.

– L'hanno ricoverata ieri sera. S'è beccata il virus.

Povera donna. È chiusa in un reparto di massima sicurezza, isolata dal mondo, impossibile da raggiungere.

Poveri noi.

8.

Sto scrivendo di don Agostino, il primo sacerdote di rito citofonico. Non potendo incontrare in parrocchia i fedeli a causa dell'epidemia, ogni giorno si fa un giro per la cittadina campana di cui è pastore e citofona a tutti, s'informa sul loro stato di salute, dispensa parole di conforto, chiede se hanno bisogno di qualcosa.

Non so se azzardi anche qualche confessione ma credo di no, le orecchie protese dei portinai e delle persone di passaggio renderebbero l'operazione priva dei necessari requisiti di segretezza.

È un buon prete, don Agostino? Penso di sí. Non è un santo, non è un teologo, non affascina le folle, è solo un brav'uomo che cerca di svolgere al meglio il ruolo che gli è stato affidato da un datore di lavoro molto importante. I suoi parrocchiani non possono andare in chiesa e allora li raggiunge lui, in modo che non si sentano abbandonati.

Perché Dio non ci abbandona, dice don Agostino, e lui che è il suo piccolo amplificatore portatile, giusto dieci watt, vuole ricordarlo a tutti: «Ripariamo le anime. Abbiamo i pezzi di ricambio per le vostre anime! Se la vostra anima fa fumo, noi togliamo il fumo dalla vostra anima...»

Vivo una situazione sconcertante.

Devo entrare nell'appartamento di Amedeo, recuperare il cellulare e trovare nella rubrica i suoi parenti da contattare. L'idea di chiamare un fabbro e forzare quella porta mi atterrisce, mi sembra una violazione grave dell'intimità di un povero vecchio.

L'architetto nel frattempo sembra trovarsi bene a casa mia, dorme sul divano ormai da tre giorni, guarda la tv, mangia quello che gli preparo, parla pochissimo. Si aggira impercettibile per l'appartamento, come un membro del piccolo popolo, uno gnomo silenzioso dai pensieri inimmaginabili.

– Vuole fare una doccia? – ho avuto la dabbenaggine di chiedergli.

– Senz'altro, – è stata la sua risposta.

L'ho accompagnato in bagno, poi ho pensato che non era sicuro lasciarlo solo.

– Se vuole, le do una mano... non vorrei che scivolasse...

– Senz'altro.

Ha preso a spogliarsi con massima prudenza, il mio veterano di cristallo. L'ho osservato, mentre lo sostenevo per un braccio. Ho provato tenerezza e angoscia per quel corpo nudo, sfibrato dagli anni, i muscoli allentati, la pelle raggrinzita. L'ho immaginato bambino, correre in mare urlando, e poi appena laureato, convinto, come tutti a quell'età, della solidità e della permanenza infinita della giovinezza. Ho cercato d'immaginare gli obiettivi che è riuscito a raggiungere e quelli mancati, l'amore, una figlia, l'illusione della stabilità e poi tutto il tempo lasciato trascorrere fino a questo punto, in cui non esiste piú nulla del suo passato e si ritrova indifeso e confuso nelle mani di un estraneo.

L'ho aiutato a uscire dalla doccia e avvolto in un accappatoio, gli ho asciugato i capelli e dato una mia camicia che gli sta grande. Lui s'è vestito con cura, ha impiegato cinque minuti per infilare la camicia nei pantaloni ed è tornato a sedersi sul divano, contraffazione temporanea di un padre che ho perso dodici anni fa.

La vecchiaia è una sala d'aspetto e le riviste sul tavolino le hai già lette tutte.

42

– Bisogna aprire quella porta, – mi ha detto stasera Gloria, salita per sostenermi nell'adozione di questo orfanello stagionato.

– Sí, lo so –. Amedeo intanto mangiava le stelline in brodo con grande gusto, forse gli ricordavano qualcosa.

– Ci vuole la persona giusta, – ha aggiunto sotto la mascherina.

– Ce l'ho.

Dopo che Gloria se n'è andata, mi sono seduto al tavolo e ho sbucciato una pera per il mio ospite, cercando di coinvolgerlo in una conversazione.

– Le piaceva fare l'architetto? – La notte ormai non ha piú rumori, un'ambulanza lontana lancia il suo richiamo per vedere se ci sono altri esemplari della sua specie nei dintorni.

– Non ricordo, – mi risponde, e non potrebbe rispondermi altro.

– Se mi aiuta, posso rintracciare qualcuno della sua famiglia che si occupi di lei. Forse la stanno cercando, magari sono preoccupati... le viene in mente qualcuno?

– Carletto e Aldo –. La pera gli piace molto.

– Chi sono Carletto e Aldo?

– Erano bravi, correvano piú veloci di me.

Un altro ricordo sfasciato, inutilizzabile, un residuato bellico che affiora dal campo di patate della sua memoria. Di certo ci sono delle medicine che Amedeo dovrebbe prendere e che non sta prendendo, delle bollette da pagare che non sta pagando, delle finestre da chiudere che non sta chiudendo.

– Pronto, Mario?

– Dimmi Vittò, che ti si scuce?

Mario è un amico di vecchia data, uno di quelli che riacchiappi se ti serve qualcosa. Quando vede il mio numero apparire sul cellulare, pensa all'istante: «Vittorio? Ah sí...

gli voglio bene». La nostra amicizia è una materia scolastica senza obbligo di frequenza.

– Senti, Mario... mi sta capitando una cosa strana...

Gli dico di Amedeo, di come me lo sia portato in casa neanche fosse un cardellino caduto dal nido.

– Bisognerebbe proprio aprire quella maledetta porta...

Mario può esibire un passato molto sgualcito, ha strapazzato la propria esistenza per un intero lustro, frequentando brutta gente alla quale, d'altra parte, si potrebbe muovere la stessa accusa per il fatto di aver frequentato Mario.

– Insomma... vuoi che mi dia di nuovo al crimine... – mi dice sogghignando.

– A fin di bene –. La solita scusa.

– D'accordo, ma devo fare un sopralluogo per vedere con chi ho a che fare... parlo della serratura...

– Certo, lo capisco... passa quando vuoi, io sono sempre qui al chiodo.

Dopo la telefonata torno al tavolo da lavoro, e Amedeo mi si avvicina con una gentilezza ormai estinta in natura.

– Scusi, è passato a cercarmi Sandreani?

Rimango disorientato, nel cervello dell'architetto stanno proiettando un altro film rispetto a quello che guardo io.

– No –. Ci fossero stati dei Sandreani in giro, me ne sarei accorto.

– La ringrazio. Mi perdoni l'intrusione –. Torna a sedersi sul divano, lato destro.

«Andrà tutto bene» è lo slogan del momento. Nelle epidemie come nelle guerre, si finisce per aggrapparsi alla retorica.

Mario fronteggia la serratura dell'architetto con l'atteggiamento del Real Madrid che affronta la squadra del dopolavoro ferroviario.

– Questa gliel'hanno montata gli etruschi, – commenta. In cinque minuti la porta è violata.

Entriamo tutti nell'appartamento: Amedeo mostra la nostra stessa estraneità verso l'ambiente che ci circonda, eppure vive qui da mezzo secolo. Si muove con l'accortezza di chi pensa che basti uno sguardo per fare un danno in casa d'altri, rompere un soprammobile o strappare una tenda.

Guardiamo un po' dappertutto. Si tratta di un dappertutto molto circoscritto, visto che siamo in un'abitazione di sessanta metri quadrati.

Il letto è sfatto e la casa in disordine, come i pensieri di chi dovrebbe occuparsene. La cucina trabocca di piatti e stoviglie, un esercito d'invasione che non ha incontrato ostacoli nella sua avanzata. Sul pavimento del soggiorno è posata una vecchia valigia in pelle lasciata aperta. Amedeo forse stava progettando un viaggio, non in un luogo, credo, ma indietro nel tempo, inseguendo le rievocazioni vivide del suo cervello visionario.

– Ho trovato il cellulare, – m'informa Mario. Non ha un codice di sblocco, la figlia di Amedeo deve averlo rimosso per evitare che il padre lo dimenticasse. Nella rubrica sono salvati solo tre numeri: uno appartiene alla figlia, il secondo all'amministratore di condominio e il terzo a una certa Assuntina. Chiamo il terzo numero dell'elenco, e qualcosa mi suggerisce di lasciarlo squillare a lungo. Dopo un milione di anni mi risponde una voce ancora stupefatta dall'invenzione del telefono.

– Signora, mi scusi... mi chiamo Vittorio e sono un amico di Amedeo...

– Amedeo... è morto Amedeo?

Le aspettative, a una certa età, difficilmente sono improntate a uno sfrenato ottimismo.

– No, signora... Amedeo è qui vicino a me... solo che la figlia è stata ricoverata e lui è rimasto solo... lei è una parente?

– Sono la cugina... sua madre e mio padre erano fratelli... – Lo dice piú per fare chiarezza nella sua testa che per informarmi.

– Lei sa se c'è qualcuno che... non lo so: un nipote che potrebbe prendersi cura di Amedeo, finché sua figlia non viene dimessa?

– Angelina è morta, Fernando pure... siamo rimasti solo io e Amedeo.

Il dialogo prosegue ancora per qualche secondo, un'appendice inutile tra due individui che non si parleranno mai piú per il resto della loro vita.

– Allora? Riesci ad appiopparglielo? – La voce di Mario è agra come i concetti che esprime.

– No... dev'essere anziana quanto lui, non mi sembra in grado di occuparsene.

– Magari si fanno compagnia.

Amedeo sta aprendo i cassetti di un settimino che deve contenere oggetti impensabili, a giudicare dalla sorpresa che gli lampeggia sul volto: clessidre piene di polvere d'oro, orologi a scappamento e bussole intagliate nelle ossa di balena.

– Signor Amedeo, ha visto? Siamo riusciti ad aprire la porta del suo appartamento... se ne stia qui tranquillo, piú tardi le porterò qualcosa da mangiare. Le chiavi gliele lascio sulla consolle dell'ingresso...

– Senz'altro.

Mentre mi tiro dietro la porta lancio ancora uno sguardo all'architetto. Scruta fuori dalla finestra, in contemplazione asettica di un torneo dal quale è stato eliminato già da tempo.

9.

Un deputato austriaco noto alle cronache per la sua omofobia è stato arrestato durante un'orgia gay. La realtà a volte si dimostra disposta a collaborare e ci facilita il lavoro: scovare una notizia cosí sulle agenzie equivale a trovare in pineta un porcino da due chili. Magari il parlamentare stava cercando di convincere i partecipanti a non impilarsi tra loro e cambiare vita. O magari desiderava comprendere a fondo il fenomeno e superare la propria intolleranza: un'orgia, in fin dei conti, è una sorta di terapia di gruppo. I poliziotti l'hanno bloccato mentre tentava di uscire da una finestra: forse voleva uccidersi buttandosi giú da un pregiudizio.

Un improvviso taglio di luce dal balcone mette in risalto la polvere sui pianali della libreria: l'assenza di Antonietta è ormai struggente. Suonano alla porta e penso subito al ritorno di Amedeo.

– Ciao, piccoletto.

La versione deluxe di Floriana mi appare sul pianerottolo, una statua greca che ha scelto il mio zerbino come piedistallo. La collisione con i miei sensi è devastante, mi auguro solo che gli ormoni abbiano fatto in tempo ad aggrapparsi al corrimano.

– Come sta il mio omino?

Detesto che si rivolga a me usando tutti questi diminutivi, siamo alti uguali. Solo quando indossa le scarpe con il tacco mi sento un po' in imbarazzo: la prossima volta cercherò d'innamorarmi d'una pigmea.

– Sto bene, – le rispondo. – A te non c'è bisogno di chiederlo.

Entra e riempie di sé l'ingresso. Vedo solo ora che ha in mano un borsone nero.

– È una seccatura questa storia che non si può uscire di casa, no? Una gran tristezza... allora ho pensato di venire a svernare qui da te, se sei d'accordo. Potremmo stare un po' insieme, finché non finisce la quarantena.

Certo che potremmo. Sono esaltato, terrorizzato, eccitato, preoccupato, invasato dalla prospettiva. La mia piantagione di abitudini rischia di venire cancellata in pochi istanti dall'arrivo di questa provocante locusta. È una creatura incontenibile, non esistono barili, cisterne, serbatoi che possano racchiuderla, finirà inevitabilmente per traboccare e allagare la mia esistenza. Vivere, lavorare, annoiarsi, leggere un libro, parlare al telefono con mia madre, niente sarà piú pervaso dal delizioso, indispensabile senso di squallore della quotidianità.

Le tolgo il borsone dalle mani e ci baciamo.

– Se dici che mi ami ti do quindici euro. Forse anche diciotto –. Ride e mi bacia di nuovo.

Porto il suo piccolo bagaglio in camera da letto. Lo sto sistemando sulla cassapanca, quando dalla finestra vedo Amedeo che cammina in strada. È in maniche di camicia e ha un'andatura esitante. Se non lo riprendo subito, non lo riprendo piú.

– Devo uscire un secondo. Scusami, scusami, torno tra poco!

Faccio le scale di corsa e mi ritrovo fuori, di Amedeo non c'è traccia. Affretto il passo lungo il viale, mi auguro che le vecchie ossa dell'architetto e tutte le lombaggini del mondo lo abbiano rallentato.

Quando avvisto la sua sagoma, sta raccogliendo qualcosa da terra.

– Amedeo!

Non si volta, come se fosse circondato da centinaia di altri Amedei e pretendesse di essere chiamato in maniera piú dettagliata. Lo raggiungo, mi guarda senza riconoscermi.

– Amedeo, dove va? Torniamo a casa.

Tiene in mano un soldatino di plastica.

– A Sulmona, – risponde convinto.

Lo prendo sottobraccio e lo porto con me, verso una Itaca che non ricorda e che non desidera rivedere.

Amedeo non è un problema mio, non posso prendermene la responsabilità e nessuno può condannarmi per questo. Tanto piú che ho lasciato a duecento chilometri di distanza mia madre, l'essere vivente che ha urlato un sabato pomeriggio mettendomi al mondo, che mi ha cresciuto, m'ha visto colorare con la vernice il suo foulard preferito e che ho saputo deludere come nessun altro, rifiutando d'intraprendere la carriera giuridica.

Siamo arrivati al nostro portone, fosse per lui proseguirebbe senza rimpianti. Lo accompagno davanti al suo appartamento, per fortuna che uscendo non ha chiuso la porta.

– Arrivederci, Amedeo.

10.

Esiste una piccola isola in Norvegia dove vogliono abolire il tempo. Una gran brutta notizia, se hai da poco speso qualche migliaio di euro per un lifting. Mi viene da pensare che siamo di fronte all'ambizione suprema, illusoria e velleitaria dell'essere umano. Nella realtà e da migliaia di anni, è il tempo ad abolire noi.

In questo sputo di terra al di là del circolo polare artico, hanno preso ad appendere gli orologi al ponte che li collega al continente, un monito per ogni singolo minuto che manifesta la propria ostilità continuando a trascorrere inesorabile. Il tempo ci stressa e ci preoccupa, è l'unità di misura piú crudele, nessun chilo o litro o ampere riesce a essere altrettanto spietato. Intervistato, il sindaco dell'isola dice parole alate, ha bell'e pronto un discorso per i media che cominciano a interessarsi alle trecento anime che amministra. Quando finisci di leggere le sue dichiarazioni, non hai capito se si tratta di un sognatore o di uno che sta solo cercando di tenere sempre aperti i negozi per turisti.

Spedisco il mio articolo. Ancora oggi, ogni volta che ne vedo pubblicato uno mi stupisco.

Avere Floriana in giro per casa equivale a vivere un continuo colpo di scena, in un thriller dove il protagonista è costretto a correre e sparare dall'inizio alla fine, senza un attimo di sosta. Quando si distende sul divano, quando esce dalla doccia, quando apre il frigo: ho sempre l'impressione che stia per succedere qualcosa. E quel qualcosa che succede è lei. Se ci troviamo nella stessa stanza e non parliamo per piú di una trentina di secondi, Floriana commenta: «Non abbiamo piú nulla da dirci». L'idea di una convivenza non dialettica, fatta anche di pause, le è insopportabile. La vita per lei è una sceneggiatura e non deve avere cadute di ritmo.

Una fatica terribile.

Fare l'amore o guardare un film insieme a questa torreggiante divinità contemporanea sono attività meravigliose, non solo per il piacere implicito che comportano, ma anche perché mi permettono di rimanere in silenzio senza pericolo.

Credo che si sia messa in testa di migliorarmi, rendendomi il piú somigliante possibile alla sua idea di partner ideale. In un momento di abbandono, ha criticato le mie mutande. Io ne ho solo di bianche, e le ho viste per la prima volta nella loro abbacinante miseria. Poi, sempre come se si trattasse di un piccolo passo avanti per l'umanità, ha disapprovato con dolcezza l'eccessiva villosità del mio torace.

– Aiutami, – le ho detto, e devo esserle sembrato un alcolista che chiede una mano per smettere di bere.

Mi ha tosato come un pecorone, davanti e dietro, e io mi sono sentito grottesco, nudo, e ho avuto paura che i miei lettori, leggendo i pezzi delle prossime settimane, possano percepire dal modo in cui sono scritti la mia inattesa, imbarazzante depilazione. «È bravo, certo, è sempre bravo... però, non so... come dire: ha perso pelo! Ecco, ha perso pelo...» Questo penseranno di me.

Gloria è venuta a suonare alla mia porta e all'improvviso s'è trovata di fronte la dea Minerva. Si sono salutate, poi non hanno detto piú nulla. Sono arrivato giusto in tempo per ammirare quelle due singolari sculture.

– Scusatemi... volevo dirti, Vittorio, che Amedeo è da me, casomai dovessi cercarlo. Ieri sera l'hanno trovato seduto in guardiola mezzo nudo. Stanotte dorme a casa mia, domattina però devo andare in clinica, ho un'operazione...

– Hai fatto bene a dirmelo, domani passerò da lui a vedere come sta. Notizie della figlia?

– Nessuna.

Floriana mi ha chiesto informazioni su Gloria senza dare troppa importanza alla cosa, come se volesse sapere dove tengo la scatola dei biscotti.

Oltre la dogana della mia finestra, le luci della trattoria all'angolo sono spente. In televisione, soubrette laureate in Medicina e in Biologia cercano di spiegarci qualcosa che non hanno ancora capito. Adesso che Floriana è venuta a stare qui, il mio desiderio di andare a fare una passeggiata è ai minimi storici. Nei palazzi intorno immagino persone che lavorano da casa, preoccupate all'idea di dover tornare in ufficio, e persone che invece non possono andare a lavorare, preoccupate all'idea di aver abbandonato le loro attività. L'epidemia ha evidenziato una nuova tendenza: il rilancio della preoccupazione viaggia piú veloce di quello dell'occupazione.

Mi chiamano dal giornale, lo squillo sembra avere un tono piú grave e allarmante di quello delle altre telefonate.

– Il Banco Meneghino non ne vuole sapere. Non ritira la querela.

La domanda di grazia è stata respinta, dunque. Nell'apparecchio non c'è la voce del Direttore, stavolta, ma quella del Caporedattore della cronaca. Nell'impaginazione quotidiana delle vicende di redazione, il mio caso non costituisce già piú un titolo d'apertura.

– Quindi... cosa volete che faccia?

– Niente. Continua a scrivere i tuoi articoli e a mandarceli. Tra qualche giorno avvertiremo i lettori di quello che sta succedendo, è sempre pubblicità. Molti si schiereranno dalla tua parte, qualcuno se ne fregherà, altri penseranno che ti sta bene, perché magari in passato hai parlato male di uno che gli piace, un cantante, un politico, uno chef. Del resto me l'aspettavo... tu stai sempre *a sfruculià 'a mazzarella 'e san Giuseppe!*

Ha descritto in poche parole il mio mestiere, molto meglio di quanto potrebbe fare un intero saggio. Ho sempre fatto affidamento sul consenso che la satira mi procura, ma potrei aver sbagliato i calcoli. Non si può confidare troppo nel pubblico. Il successo è solo un pettegolezzo.

Racconto a Floriana della mia collisione con l'istituto bancario e lei minimizza subito, garantisce che tutto si sgonfierà molto presto e che, nella peggiore delle ipotesi, mi manterrà lei, i suoi negozi d'abbigliamento glielo permettono. L'ennesima riprova che i veri uomini sono le donne.

Proprio quando iniziavo a rilassarmi, ecco una nuova mail.

Vogliono vendermi la giacca Strategical in fibra di poliestere antitaglio, resistente a tutte le condizioni atmosferiche estreme, con tasche tattiche segrete e cerniera sul braccio.

Magari potrebbe servirmi, se la querela del Banco Meneghino dovesse degenerare.

Ho fatto un salto da Amedeo, Gloria lo aveva da poco riaccompagnato nel suo appartamento. Sedeva al cospetto di una lasagna che gli aveva preparato la veterinaria filantropa. Non dava l'impressione di trovarsi davanti a qualcosa di commestibile, quanto piuttosto a un oggetto di cui ignorava del tutto l'utilizzo.

– Non ha appetito, architetto?

Amedeo mi ha sorriso, poi ha preso la forchetta e toccato appena la lasagna, come se avesse paura di farle male. Mi sono seduto vicino a lui, per un attimo ho avuto l'istinto d'imboccarlo ma mi sono trattenuto, non abbiamo la confidenza necessaria per un gesto cosí intimo. Dài, su, mangia qualcosa, inventore di cattedrali e grattacieli, mangia qualcosa, ristrutturatore di bagni e angoli cottura. Facci stare tranquilli, che questa alla fin fine è la mira ultima di ogni uomo e donna del pianeta. Anche se la tranquillità è un po' come Dio: ognuno di noi ne ha un'idea diversa.

Arrivato a metà lasagna, ho capito che l'architetto non sarebbe andato oltre e che bisognava accontentarsi di quel mezzo successo.

L'ho piazzato davanti alla televisione e me ne sono andato.

Penso ad Amedeo di là, i rimorsi mi spingono a chiamare mia madre. Floriana intanto fa ginnastica, contorcendosi sul tappeto del soggiorno.

– Come stai, mamma?

Un lungo silenzio prima della risposta. Mi concede solo un gelido «Ah, ciao», senza il «Vittorio bello» con il quale mi decora quando è di buon umore. Insisto nell'informarmi sul suo stato di salute.

– Non bene, non bene... ieri ho avuto come un mancamento e sono scivolata giú dal divano... non riuscivo piú a risalire...

– E come hai fatto a scivolare giú dal divano? – L'immagine di mia madre risucchiata dalle sabbie mobili intorno al divano è nitida e agghiacciante.

– Non lo so... per un momento mi si è annebbiata la testa.

– E Irene dov'era?

– Sí, Irene... Irene ha sempre qualcosa da fare... era andata a prendere un po' di frutta e verdura, che l'abbiamo finita –. Lo dice come se la badante l'avesse abbandonata per fare una gita col fidanzato, avvinghiata a lui sul sedile posteriore della sua moto, capelli al vento.

La telefonata dura un paio di minuti, durante i quali mi sento come una rompighiaccio che tenta di aprirsi la strada nella banchisa.

Non faccio in tempo a sedermi in poltrona per godermi il sensuale groviglio d'arti di Floriana, che qualcuno viene a cercarmi. Ancora Gloria.

– Bruno ha picchiato la moglie, credo. Ti prego, vieni un attimo.

Perché io? Sono diventato lo sceriffo del condominio? Floriana s'è bloccata sul tappeto e guarda verso di noi, una pitonessa infastidita da un rumore improvviso.

Scendiamo due rampe di scale e la veterinaria fa di nuovo una delle cose che le riescono meglio, cioè suonare i campanelli altrui.

– Magari non è il momento migliore... – La mia viltà tenta un'ultima, inutile piroetta. Viene ad aprirci una donna alta e scarmigliata, le gambe che spuntano dal vestito viola sono magrissime. Nonostante la situazione, mi viene in mente la fidanzata di Braccio di Ferro.

– Come stai, Barbara?

La padrona di casa scoppia a piangere e io vorrei essere da un'altra parte. Speravo di sbrigarmela sul pianerottolo, invece lei ci fa cenno d'entrare e Gloria mi spinge a forza nell'appartamento. Mi guardo intorno, non per una curiosità d'arredatore ma per controllare se il barista mi salta addosso, uscendo da qualche stanza. Gloria le spiega che ha sentito gridare, poi dei tonfi e ha pensato che avesse bisogno d'aiuto. Barbara s'asciuga gli occhi e ci chiede se gradiamo un caffè: una domanda inconcepibile, considerata la circostanza.

– Vuoi che ti accompagniamo al pronto soccorso? – Un plurale che non mi piace, Barbara però scuote la testa.

– No, Bruno non mi picchierebbe mai. È solo isterico per colpa del lavoro e cosí ha tirato giú il lampadario... per fortuna la bambina è da mia madre... il bar è chiuso da settimane e lui non sa piú come fare. Non riusciamo ad andare avanti... – Piange di nuovo, mentre con la coda dell'occhio intercetto un vecchio lampadario a goccia morto sul pavimento del salotto. Mi domando come Bruno l'abbia convinto a scendere.

– Sei sicura di stare bene? Se ti ha picchiato devi dirlo... – Gloria persevera, forse l'eccezionalità di un mostro la spaventa meno di una normalità sconfortante.

– Ma se ti ha detto di no, scusa… Bruno non sembra il tipo neanche a me –. Sono pronto a garantire per lui, purché mi lascino andare. Gloria guarda a lungo Barbara, se si potesse la abbraccerebbe, io la saluto con imbarazzo. Finalmente usciamo.

– Dobbiamo aiutarla –. È un'affermazione perentoria.

– Volentieri… ma come?

– Portiamole un po' delle provviste che abbiamo in casa… io però non ho un granché, mangio quasi sempre da mia sorella.

Gli occhi della veterinaria sono luminosi e il suo odore mi sembra ancora piú buono dell'ultima volta. Decido di essere il nuovo protagonista di *Beau Geste*.

– Domani ordino la spesa al supermercato. Mi faccio mandare delle cose anche per loro… ci penso io, tranquilla…

Credo che sorrida, sotto la mascherina, e mi stringe la mano con un certo calore. Probabilmente tra poco correrà a disinfettarsela.

Quando rientro, Floriana sta facendo stretching.

– Molto presente 'sta veterinaria, eh!

È la paura che ci accomuna tutti e ci rende fratelli. Non la solidarietà, non l'amore né la speranza in un domani migliore, tutte minchiate che abbiamo inventato per nobilitare la nostra specie, altrimenti vittima di una meschinità spontanea e ineguagliabile.

Siamo uniti dalla paura.

Il campionario delle angosce è molto vario, ognuno può scegliere quella che lo convince di piú: paura di non essere capiti, di perdere il posto di lavoro, paura che la persona amata non contraccambi il nostro sentimento oppure ci tradisca, paura di non raggiungere il successo oppure di perderlo.

Adesso la varietà delle creme su questo gelato millenario è stata sostituita da un unico, nuovo gusto alla moda: la paura del virus.

Per strada c'è poca gente, vedo un uomo sui cinquanta uscire dal portone con Jack, il pointer a noleggio. Abbiamo un cane di malaffare nel palazzo, la sua padrona magnaccia lo starà guardando allontanarsi, nascosta dietro le tende della finestra.

La figlia di Amedeo è morta.

Quando m'è arrivato il messaggio di Gloria ho sentito un tonfo dentro, come se fosse caduto qualcosa e non avessi fatto in tempo ad afferrarlo.

Il vecchio adesso è solo, abbandonato da tutti, anche dalla limpidezza dei suoi pensieri.

II.

Mi metto al tavolo da lavoro, la mia regina delle Amazzoni è uscita. Quando le ho fatto presente che non si potrebbe ha agitato una mano, non vorrei essere nei panni del carabiniere che la ferma.

Gli scienziati non riescono a mettersi d'accordo sull'odore dello spazio.

Sono ormai decenni che gli studiosi di tutto il mondo ipotizzano quale possa essere l'afrore che si respira nel cosmo. Un dibattito davvero interessante, se si trascura il fatto che, in assenza d'ossigeno, non si può respirare.

Le testimonianze raccolte ci conducono nelle direzioni piú disparate: per alcuni, l'odore che rimane sulle tute degli astronauti rientrati da una missione è molto simile a quello della pancetta troppo abbrustolita. Potrebbe quindi esserci una civiltà aliena che appesta l'universo con il barbecue, mentre noi umani ci affanniamo dietro a nuove scoperte scientifiche. C'è chi invece assicura che l'immensità profumi di polvere da sparo, cosa che non ci tranquillizza affatto sulle intenzioni amichevoli dei nostri eventuali vicini di galassia. Un'ulteriore ricerca azzarda l'ipotesi che si percepisca distintamente un odore forte e rancido, simile alla traspirazione dei piedi. Lo spazio sarebbe dunque una sorta di immensa scarpiera. È ovvio che questa teoria incrinerebbe non poco l'aspetto romantico del firmamento, tanto caro a chi osserva il cielo nelle notti d'estate.

Infine, secondo un chimico olandese, l'universo sa di

lampone. Questa supposizione mi lascia dubbioso e mi fa pensare che ci sia qualcuno con la «Q» maiuscola che ha deciso di piazzare un deodorante d'ambiente da qualche parte, magari nella Via Lattea. La questione è del tutto inutile e proprio per questo affascinante.

Se ciò che sostengono alcuni astrofisici fosse vero, cioè che l'universo è finito, credo che l'eventualità piú probabile sia che là in mezzo si respiri odore di chiuso. Al limite, di naftalina. Concludo il pezzo prospettando la possibilità che da migliaia di anni la specie umana abiti un vecchio cappotto dentro un armadio.

Passo molto tempo alla finestra, sono il ritratto di un uomo contemporaneo perplesso incorniciato da un infisso in alluminio.

La pernacchia del citofono mi avverte che c'è qualcuno che mi cerca. È il garzone del supermercato, la mia spesa è arrivata. Me la porta su e questa volta deve fare due viaggi, perché la quantità è doppia rispetto al solito. Metto in ordine tutto, la pasta e il riso nella dispensa, lo scatolame nel pensile sopra il forno, le verdure e la carne nel frigorifero. Una busta la lascio da parte, intonsa, e resto a guardarla per un po', seduto al tavolo della cucina. Mi piacerebbe tanto che a occuparsi della consegna fosse la veterinaria: affidare le seccature alle donne è una delle pratiche maschili piú antiche. Però a quest'ora lei non c'è e non ci sarà fino a stasera. Allora prendo il coraggio a due mani, afferro la busta ed esco di casa.

Scendo di nuovo due rampe di scale, sta diventando un'abitudine: a differenza delle altre, che si ripetono sempre uguali, questa mi agita e mi rimescola.

Vorrei mollarla davanti all'uscio e andarmene. Ma mi faccio forza e suono alla porta.

Mi apre Barbara senza mascherina. Mi guarda in faccia, poi i suoi occhi scendono fino alla busta di plastica.

Io non parlo, lei ha già capito. L'emozione e la dignità bloccano il gesto della sua mano, che non sa protendersi verso di me. Le do il sacchetto come se scottasse, lei esala un ringraziamento e la sua voce è un soffio trepidante. Vedo le mie dita sfiorarle le labbra.

– Non serve, non serve... – Scappo via come un ragazzino che ha appena confessato il suo amore alla compagna di banco. Mi vergogno piú di una buona azione che di una mascalzonata.

Floriana rientra cinque minuti dopo e mi sembra incredibile che l'abbiano fatta tornare da me, che il mondo esterno non se la sia tenuta. Le racconto quello che ho fatto, nascondendo uno scodinzolio interiore.

– Ma bravo il mio ragazzo, sei proprio un tesoro... un vero boy-scout! – Mi solletica la nuca con le unghie, non potevo sperare in un premio migliore.

12.

Sono passato un momento a trovare Amedeo. Si usa l'espressione «passare un momento» quando è in atto una stracittadina tra due desideri: quello di vedere una certa persona e quello di far terminare l'incontro il piú presto possibile.

L'architetto sembra in forma, è sorridente, cordiale, coerente. Mi identifica subito e mi accoglie con un «Salve, ingegnere!» Mi ha riconosciuto ma sono un altro.

– La vedo bene, – mento io.

– Senz'altro.

Faccio un giro per il piccolo appartamento, voglio controllare se scola la pasta con la federa del cuscino o se dorme nella cassapanca. So che Gloria viene spesso qui a fare delle ispezioni, e forse non è la sola nel palazzo.

– Non mi sono comportato bene, – mi dice all'improvviso. Le mura ciclopiche di un ricordo stanno riemergendo lentamente, ma è tutto confuso, impastato.

– Perché non si è comportato bene?

– Non l'ho seguita, non l'ho curata come avrei dovuto… e questo non va bene, non va bene…

La sua coscienza è affaticata, la sento sbuffare e sudare, sta scavando una buca molto profonda con un cucchiaino da caffè. E deve aver trovato qualcosa che somiglia piú a un rottame che a un forziere di monete d'oro. Per un istante penso che forse sta parlando della figlia e il respiro s'interrompe, ma non c'è niente di consapevole nelle sue parole. Forse è che gli anni ci lasciano dentro una sensazione vaga d'insuccesso, e Amedeo ora non sa a cosa abbinarla. Potrebbe trattarsi del rapporto con la moglie o della costruzione di una cattedrale in Lituania.

Amedeo è di nuovo solo, afflitto, io non sono piú nella stanza. Allora gli parlo.

– Sei stato bravo, davvero... te lo metto per iscritto, se vuoi... sei stato proprio bravo, stai tranquillo –. Glielo dico come si fa con un bambino che ha svolto bene il compito assegnato. Il compito in questo caso è la sua vita.

Gli ho dato del tu ma non volevo, il mio architetto merita di piú, un rispetto vero, un rispetto rispettoso, antiquato e nobile.

Mi guarda, e il suo volto si distende: qualunque sia la nuvola che gli ha attraversato la mente, è stata dimenticata. Come tutto il resto.

– Stavo pensando, architetto... vorrei ristrutturare il bagno, è un po' che mi frulla per la testa questa idea... non è che lei mi darebbe una mano?

– Senz'altro.

– Una consulenza professionale, eh! Con tanto di parcella...

Lui ride e fa segno di sí con la testa.

– Le faccio avere la piantina, allora.

Gliel'ho chiesto per farlo sentire ancora utile, immagino. Se adesso riesco a trovare qualcuno che ci riesce con me, sono a posto.

Oggi mi sembra di avere tutti i sintomi del virus.

Per fortuna ho a fianco una donna sensibile come Floriana che non esita a mandarmi a quel paese.

– Non hai niente, sei fresco come una rosa!

Mi sono sentito subito meglio. Le cure amorevoli sortiscono sempre un effetto miracoloso. Mi sono cullato nel buon umore per tutta la mattinata, al punto da rimanere tranquillo di fronte alla proposta d'acquisto via mail di un orologio militare con retroilluminazione, multifunzionale e impermeabile.

– Dev'essere davvero molto robusto, – commento a voce alta, perché gli spiriti protettori della casa mi sentano.

Poi accendo la radio, c'è un tale che parla di dischi in vinile. Penso che il matto e il radiofonico vivano una condizione molto simile: entrambi dicono quello che gli passa per la testa all'interno di una stanza con le pareti imbottite. L'unica differenza è che il radiofonico, alla fine, lo rimandano a casa.

Il notiziario che ascolto subito dopo mi lascia di stucco.

Pure Umberto, «il noto scrittore», è stato contagiato e ricoverato, anche se solo «a scopo precauzionale». Al momento non ha bisogno di supporto respiratorio.

Chiamo subito Doriana, che lavora nella casa editrice del «noto scrittore», che dovrebbe diventare anche la mia.

Le dico che mi dispiace, che avevo parlato con lui giorni fa e c'era stato qualche attrito. Al posto di «lite» ho scelto uno strano termine, adatto al rapporto tra uno pneumatico e l'asfalto piú che a quello tra due esseri umani.

– Ho saputo... vi siete presi di brutto, Umberto ha chiesto che il tuo libro venga spostato in un'altra collana.

– Che significa? – Non ho capito davvero.

– Significa che non vuole condividere con te la stessa collana editoriale, è evidente...

– Ma è un bastardo!

– No... è solo uno che se la lega al dito –. Doriana fa di mestiere l'editor, è giusto che rimaneggi le mie parole e le renda piú appropriate.

– E quindi?

– Il Direttore ha deciso che il tuo libro uscirà in un'altra collana, Il Narvalo.

– No, Il Narvalo no! – sbotto io, riproponendo al mondo il bambino di sei anni che sono stato.

– Guarda che nel Narvalo pubblicano autori importanti... Garzulli, ad esempio...

Ho letto l'ultimo romanzo di questo Garzulli. Se il Signore gli facesse capitare la metà delle sciagure che descrive nelle sue opere, peraltro premiatissime, sarebbe l'individuo piú miserabile del Paese. A pagina 129 c'erano già stati, nella sola famiglia del protagonista, un suicidio per annegamento, un incidente stradale mortale, un decesso per cancro, uno per infarto, un impazzimento e un'eutanasia.

– Perché invece non pubblicate Umberto, nel Narvalo? – Una domanda stupida.

– Perché lui vende in media trecentomila copie, tu cinquantamila –. Me la sono proprio cercata.

– Come ci sia tanta gente disposta a leggere quella roba, non me lo spiegherò mai.

– Dobbiamo rispettare anche il gusto degli altri, no?

– Il loro gusto, non la loro assenza di gusto.

Chiudo la telefonata con un tono risentito che, in una sconfitta cosí clamorosa, rappresenta l'onore delle armi.

Querelato, pubblicato in una collana minore, circondato dal morbo e biasimato dalla mamma, la mia tendenza naturale a farmi compatire non è del tutto campata in aria di questi tempi.

Fuori c'è il sole, una di quelle giornate fredde e limpide che invogliano a infilare il giaccone pesante e uscire, anche solo per passeggiare mezz'ora nel parco. Magari potrei affittare Jack.

La verità è che di uscire non ho nessuna voglia.

Ripenso alla telefonata con Doriana. Mi sono comportato da imbecille. Per una volta, insomma, sono stato me stesso.

13.

Da uno dei balconi qui intorno un amplificatore diffonde le note di una canzonaccia, una roba latinoamericana di successo. Stiamo affrontando le avversità con grande forza d'animo e a ritmo di reggaeton.

Floriana ha appena finito di passare l'impregnante sul tavolino di legno che tengo sul terrazzino. Ora si riposa su una sedia della cucina, le braccia distese con le mani verso l'alto per non sporcarsi i pantaloni con qualche macchia residua di vernice. La guardo con imbarazzo perché penso che quel lavoro, secondo una mentalità che sembrerebbe superata pure a una tribú di Cro-Magnon, spetterebbe al maschio di casa. Inizia a parlarmi di una sua amica, Beatrice o Berenice, che non sta attraversando un buon momento. Ha un fidanzato ma non gli è fedele, e ogni volta che lo tradisce telefona a lei per dirle quanto stia male.

– È molto disorientata.

– E anche un po' leggera.

– Non chiamarla cosí, per favore... Tu dici leggera e pensi puttana.

– Se fosse un idraulico, la chiamerei idraulico.

Floriana scuote la testa: esiste un grado superiore di comprensione delle cose, una capacità di lettura del mondo piú complessa cui il mio attuale livello di addestramento alla realtà non mi ha ancora abilitato. Lei lo sa, credo.

– Cerca di non giudicarla. È un atteggiamento che conviene sempre, secondo me. Il tavolino è venuto molto bene, ha ripreso vita. Domani gli do la seconda mano.

Rimango a guardarla mentre fuori il mio tavolino grida la sua gioia di vivere.

La tiro verso di me e la stringo, per una volta senza desiderio ma solo con l'intenzione di avvinghiarmi alla sua anima. Anche lei mi abbraccia e mi sporca d'impregnante la camicia. La terrò per sempre cosí, le reliquie non si portano in tintoria.

Sui balconi un florilegio di bandiere, ti aspetti di sentir gridare «gol!» da un momento all'altro.

Sui social, straordinaria lente d'ingrandimento della vacuità umana, reggimenti di crostate e ciambelloni, tipi che fanno ginnastica in tutina e retorica a prezzi popolari.

Bisogna stare attenti, la stupidità altrui può provocare dei danni enormi, primo fra tutti farci trascurare la nostra.

Gli ultimi tre pezzi che ho scritto facevano schifo, infatti sono piaciuti molto al Direttore. Erano scontati, di mestiere, tirati via.

Un momento cosí inconsueto come quello che viviamo dovrebbe lasciare solchi profondi nelle coscienze, cambiarci ineluttabilmente. Invece ne usciremo avendo solo imparato a fare il pane integrale.

Ieri sono rimasto un'ora a guardare dalla finestra un tale del palazzo di fronte che lavorava a maglia e un po' l'ho invidiato, sembrava un asceta mentre incrociava i ferri, lanciato verso un obiettivo che non poteva essere soltanto un maglione di lana. Avrei voluto chiedergli: «Dica la verità… che significato ha il lavoro che sta facendo? Cosa rappresenta davvero per lei quel maglione?» Chissà cosa mi avrebbe risposto.

La signora Cantarutti è tornata alla carica, un'anima in pena nel Purgatorio del condominio. Ha bussato alla porta invece di suonare come fanno tutti, in una polemica dal sapore medievale col resto del mondo.

– Io voglio che sia convocata d'urgenza una riunione,

non ci vedo chiaro nei lavori della rampa del garage, bisogna che l'amministratore ci spieghi parecchie cose...

Se le avessi aperto la porta rantolando, con un coltellaccio piantato nella gola, probabilmente mi avrebbe detto le stesse cose e con lo stesso tono.

– Signora, i lavori di cui parla sono fermi da settimane per via del virus... lo stesso motivo per cui, a termini di legge, adesso non si può tenere una riunione condominiale.

«Eccone un altro»: questa la scritta fiammeggiante che appare negli occhi della Cantarutti.

– Pure lei con questa storia... non ce la facevo! Lei è una persona istruita, scrive sul giornale, pensavo fosse meno frescone degli altri!

– Io scrivo sul giornale, signora, l'ha detto lei. Non sono uno scienziato. Se mi dicono che è in atto una pandemia mondiale, lo troverà strano, ma io ci credo. Se il meccanico mi dice che c'è da rifare la testata del motore, io ci credo. Se il Direttore del quotidiano su cui scrivo mi dice che mi hanno querelato, beh, credo pure a questo. Sono un sempliciotto, lo ammetto. A meno che...

– A meno che? – sibila la Cantarutti, un occhio aperto e uno socchiuso.

– A meno che non salti fuori che mi stanno ingannando... può succedere, so benissimo che può succedere... in questo caso, sono pronto a farmi sentire, a scendere in piazza, ad assaltare la Bastiglia... ma chiedo solo una cosa prima di trasformarmi in una macchina di morte...

– Cosa? – Nella voce dell'interno 9 c'è un'autentica attesa piena di aspettative.

– Prove. Chiedo soltanto delle prove. Sono disposto a credere a qualsiasi macchinazione, dico davvero... ho la certezza che noi esseri umani siamo capaci di tutto. Se non proprio di tutto, di molto, ecco... però pretendo qualcosa di concreto, delle prove... altrimenti stiamo perdendo tempo tutti e due, io al di qua e lei al di là della porta...

La signora Cantarutti è attonita, non si chiedono prove concrete dell'esistenza di Anubi a un grande sacerdote egizio.

– Allora... me la mette una firma per indire una riunione di condominio?

– No, non gliela metto. E la prego di non presentarsi piú a casa mia senza mascherina. O la indossa o mi porta le prove. Se porta le prove, me la tolgo pure io, giuro, che mi fa anche respirare male.

Ho trattato crudelmente una signora sulla settantina? Mi sento a disagio, l'educazione impartitami da mia madre m'ha inculcato il concetto che quando discuto con una persona piú anziana di me ho sempre torto, anche se ho ragione. Non so se mio padre sarebbe stato d'accordo, è morto troppo presto per spiegarmi il suo punto di vista sulla questione.

Floriana mi sbalordisce. Continua il suo lavoro da casa, ordina nuove partite di capi d'abbigliamento per telefono o online, ogni tanto mi mostra un modello di gonna-pantalone o un top di strass, io le rispondo frettoloso e superficiale che mi piacciono molto, come farebbe un qualsiasi altro uomo davanti al camerino di una boutique mentre la sua compagna sta provando un abito. Trova anche il tempo di occuparsi di me, brusca e risolutiva come sempre.

C'è un tipo che le manda messaggi, almeno un paio al giorno. Dopo i pasti, come un antibiotico. Me ne sono accorto sbirciando il suo cellulare, che lei non si fa problemi a lasciare in giro incustodito. Quando gliel'ho fatto presente, non ha negato affatto. – E mica soltanto lui! – ha replicato ridendo. Posso capirlo. Io ho sdrammatizzato, ho scherzato, ho finto di non dare importanza. Però ha cominciato a scorrazzarmi dentro un gruppo di rivoluzionari messicani, con tanto di grida, imprecazioni e spari in aria.

Bisogna che mi fidi, una cosa che nella vita capita di dover fare e che non ci riesce facile, perché in fondo siamo creature fatte di melma. Comunque, grazie al virus, lei esce per poco tempo e dorme tutte le notti con me. La tengo d'occhio senza farlo notare e continuo a scrutare il suo telefono.

Insomma, mi fido.

Hanno dimesso Umberto. È asintomatico, come il suo modo di scrivere. Potrà terminare a casa la convalescenza e, temo, anche il nuovo romanzo. Ho vissuto alcuni minuti di malvagità assoluta, quando ho saputo che stava male. Pensieri ignobili si sono formati nella mia mente e c'è voluto parecchio tempo per discioglierli e smaltirli.

Non sono la persona che vorrei essere, per fortuna.

14.

C'è gente che fa le grigliate.

Devo condividere il pianeta con gente che fa le grigliate durante un'epidemia, con individui che cercano di fottere le istituzioni non per svuotare i caveau della Banca centrale, ma per riunirsi in branco e cuocere braciole su una graticola.

Perché lo fanno? È un mistero imperscrutabile. Il loro pensiero è secretato, loro stessi non riescono ad accedervi.

Siamo convinti che le cose brutte, le malattie e le tragedie accadano solo agli altri. Come al cinema: tu hai pagato un biglietto per assistere allo spettacolo, mica per esserne coinvolto.

Il ritornello che sento piú spesso in questi giorni garantisce che a rischiare davvero con questo virus sono solo gli anziani e i malati con patologie gravi. In sostanza, persone da considerare tecnicamente già morte. Il loro trapasso sarebbe solo una formalità, come l'esame per il rinnovo della patente.

Malati e anziani. Uomini e donne, insomma, che non possono pretendere di rimanere vivi. Malati e anziani. Dovrò dirlo anche ad Amedeo, che invece continua ad andarsene a spasso per il quartiere approfittando dell'assenza di carcerieri. Abbiamo avvertito il commissariato e la caserma dei carabinieri, Gloria ha lasciato il suo numero di cellulare. Ieri l'architetto è inciampato in un tombino e l'hanno chiamata. Non s'è fatto male, non molto almeno. L'ha riportato a casa e piazzato davanti alla tv.

Abbiamo deciso di non dirgli nulla della figlia, sarebbe inutile. Nel mondo di Amedeo non ci sono piú figlie né mogli, non ci sono piú amici né clienti né quella bionda conosciuta per caso a Follonica nell'estate del '73. Sono rimasti solo un lago e una combriccola di ragazzini che andavano a farci il bagno nudi, correndo giú per una vigna assolata.

La presenza di Floriana mi costringe a non lasciarmi andare, a radermi, lavarmi con frequenza ed evitare di girare per casa in pigiama. Ascoltarla mentre parla al telefono con sua madre o un'amica mi fa stare bene, la sua voce che arriva dalla stanza accanto mi fa sentire meno solo, per merito suo vivo nel piacevole plagio di una famiglia. Lei è sempre in attività, ho l'impressione che avrebbe qualcosa d'urgente da fare anche se fossimo su un'isola deserta.

Nel mondo succede ancora, purtroppo, che per le donne la vita sia un subappalto concesso dagli uomini. Una regola che per lei non vale.

Al telefono c'è l'avvocato Pagliaroli, uno dei legali del mio giornale. Ha risposto Floriana e per un momento ho avuto la tentazione di farle dire che non c'ero, o ancora peggio di sussurrarle: «Parlaci tu!»

– Ciao Vittorio… stavo dando uno sguardo alla tua situazione… se una mattina di queste potessimo vederci in ufficio da me…

– È un po' complicato, di questi tempi… – Interrompere il romitaggio per andare nello studio di un avvocato, proprio no.

– Dovremmo fare due chiacchiere appena possibile.

– Come la vedi tu? – Desiderio di essere rassicurati, ecco il motore che muove l'universo.

– Beh… la diffusità della denigrazione c'è, non si può obiettare nulla… l'articolo è apparso su un quotidiano nazionale, piú diffusità di cosí… l'*animus iniurandi vel diffamandi*, poi, non è necessario, come sai…

71

– Veramente non lo so... che significa? – È vero, caro collega, sono stato iscritto a Giurisprudenza ma ho dato solo due esami, prima di cambiare facoltà. E uno dei due era Diritto canonico.

– Significa che anche se tu non volevi offendere nessuno, l'offesa c'è e rimane comunque... la parte lesa se ne frega delle tue buone intenzioni e può chiedere un risarcimento.

Le cattive notizie sono finite, spero. O forse queste erano quelle buone.

– A sentire le cose che dici, mi sembra inutile che passi nel tuo studio. Meglio che vada direttamente a costituirmi...

C'è sempre qualcosa d'inquietante nella risata di un avvocato.

– Ma no, no... anche noi abbiamo un sacco di frecce al nostro arco, questo è un Paese libero, no?

Mi sembra che Pagliaroli stia provando a convincermi che un magistrato medio non favorirebbe mai uno dei piú grandi gruppi bancari d'Europa in una causa contro uno scribacchino che si guadagna da vivere facendo lo spiritoso. Probabilmente sono io che fraintendo, oppure sono difeso da Cappuccetto Rosso.

Finisco la telefonata e scopro che sto boccheggiando per l'ansia. Floriana è al telefono e io comincio ad andarmene in giro senza senso. Cercare di distrarsi facendo una passeggiata all'interno di un perimetro di ottanta metri quadrati è un'impresa molto difficile. Non ho piú angoli segreti da scoprire, qui dentro.

Arrivo davanti alla porta del ripostiglio. Lí non entro mai, è competenza di Antonietta.

La caratteristica principale del mio sgabuzzino è quella d'essere convinto di far parte d'un appartamento enorme. È uno sgabuzzino megalomane, un vero spaccone, grande addirittura otto metri quadrati. Troppo, rispetto al resto della casa.

Una lampadina penzola impiccata a un filo, proprio al centro. L'accendo, chiudo la porta e mi guardo intorno. Ci sono delle scaffalature metalliche su tre lati, i ripiani sono ingombri di scatoloni di cartone, barattoli, contenitori di plastica, tutti cimeli d'un passato qualunque.

Me ne rimarrò un po' qui, nascosto. La voce di Floriana al telefono mi tranquillizza.

Ci sono i vecchi fumetti di mio padre, due piccoli manubri per esercizi fisici che non ho mai usato, scarpe avvilite dal lungo abbandono. Poi cartelle che contengono documenti e bollette, elettrodomestici arcaici... All'improvviso, inspiegabili, un paio di pinne azzurre. Gran parte di questi oggetti potrebbero, e forse dovrebbero, essere buttati senza alcun rimpianto.

Ci sono anche due sedie pieghevoli in plastica, poggiate al muro. Ne apro una e mi siedo con le gambe accavallate.

Mi trovo nella stanza piú interessante dell'appartamento.

Su uno scaffale in basso vedo una vecchia enciclopedia per ragazzi, di quelle che venivano vendute porta a porta con pagamento rateale. Ne sfoglio un volume, pieno di poesie e filastrocche. Un altro parla di imprese spaziali, mentre il terzo racconta le forme di vita che si sono sviluppate negli ambienti naturali del pianeta.

Favoloso.

Quando Floriana mi scova, dopo avermi cercato cinque minuti per casa e chiamato senza che io me ne rendessi conto, sto aprendo il volume intitolato *Pionieri e Patrioti*.

– Che fai qui?

– Mi abituo a stare chiuso dentro una cella, – le rispondo.

– Fai bene. Prima o poi ti capiterà...

Si siede sulle mie ginocchia e spegne la luce.

15.

Sto finendo di scrivere su una notizia marginale, come sempre. I cani ci salutano quando torniamo, mai quando ci allontaniamo da loro. Lo conferma lo studio di un'università britannica: i cani hanno un senso del tempo diverso dal nostro, vivono un eterno presente e solo quando ci vedono rientrare ricordano i momenti piacevoli che passano in nostra compagnia e l'affetto che provano per noi. Quindi, scodinzolano e ci saltano addosso.

In effetti potrebbe sembrare un comportamento sciocco. Li abbandoniamo, li trattiamo spesso senza rispetto, ci rivolgiamo a loro come fossero degli umani idioti, li facciamo lavorare, li ignoriamo finché non li portiamo fuori per pochi minuti, onde impedire che ci caghino sul tappeto del soggiorno. Dovrebbero farci le feste quando ce ne andiamo, non quando torniamo.

Eppure i cani ci insegnano una cosa importante. Nell'assoluta incertezza della nostra condizione, dovremmo dimenticare il passato, sempre, e fare le feste alle persone che amiamo quando ci appaiono davanti. Scodinzolare e saltar loro addosso.

L'articolo non fa ridere ma mi piace, lo condivido.

Per strada c'è sempre troppa gente, anche se quasi tutti se ne stanno a casa. Oggi ho visto Jack passare un paio di volte, con persone diverse, naturalmente. Le feste però, ne sono certo, le fa soltanto alla sua padrona, la signora dell'ultimo piano.

74

Mia madre al telefono mi confessa di essere infelice e di aver bisogno di fare un viaggetto all'estero. Non s'è mai allontanata dall'Italia per tutta la vita e guarda caso la voglia le viene adesso, a ottant'anni e nel bel mezzo di una pandemia. È il desiderio di attirare la mia attenzione, lo so bene. Dovrei essere tollerante, invece non ce la faccio.

– Mi sembra una splendida idea, mamma. Se mi dici dove vuoi andare organizzo tutto io, ho un amico che ha una grande agenzia di viaggi –. Voglio proprio vedere cosa mi risponde.

– Non lo so, ci sto ancora pensando, – sentenzia seccamente.

– Potresti portare Irene con te. Parla bene l'inglese.

– È l'italiano che non parla bene, quella russa.

Irene non è russa, ma moldava. Mia madre non vuole rassegnarsi alla fine dell'Unione Sovietica.

La coppia del piano rialzato ha il virus. Sono entrambi sulla sessantina, lui è un bestione proprietario di un'impresa di lavori idraulici, lei una donna minuta sempre di buon umore. Gloria l'ha saputo dalla padrona di Jack, che è a capo dell'intelligence condominiale e il cui vero nome non si riesce a sapere.

– Credo si chiami Annamaria, – mi dice al telefono la veterinaria, ma non ne è affatto sicura. Io ne dubito, Annamaria non è un nome da servizi segreti.

– Bisogna chiedere all'amministratore di far sanificare le scale e l'ascensore –. Questa è la prima cosa da fare, dal mio punto di vista.

– Invece dovremmo andare a chiedere se hanno bisogno di qualcosa... un po' di spesa, magari delle medicine...

Gloria è sempre compassionevole e piena di premure per tutti, anche per due tizi che ha incontrato solo un paio di volte nell'androne del palazzo. Un pregio tra i piú pericolosi, in circostanze come quelle che stiamo vivendo.

– No, toglitelo dalla testa… c'è una legge sulla privacy, non abbiamo nessun diritto di andare a informarci sul loro stato di salute –. È bello quando possiamo vestire di legalità la nostra indifferenza. A volte, finiamo per crederci pure noi.

– D'accordo, ma quei due poveretti potrebbero essere in difficoltà…

Non capisco veramente per quale motivo la veterinaria pensi a me quando c'è da organizzare un doppio di bontà d'animo. Purtroppo ha occhi belli e un buon odore, cosí mi ritrovo a scendere un'altra volta qualche rampa di scale. Gloria mi aspetta davanti alla porta della coppia sospetta e qui ci fermiamo per qualche secondo, come se dai rumori che arrivano dall'interno dell'appartamento potessimo capire qualcosa.

Usciamo dal portone e Gloria preme il pulsante del citofono della famiglia Bruzzoni. Risponde una voce femminile, la mia comare spiega il motivo della nostra ingerenza. La signora Bruzzoni rimane in silenzio a lungo. Quando si decide a parlare, la sua voce ha un suono metallico:

– Chi vi ha detto questa cosa?

La filantropa mi guarda, io allargo le braccia e scuoto la testa. Sei tu la fata del caseggiato, tesoro, io solo l'orco che ti fa da scorta.

– Mi perdoni… volevamo sapere se ha bisogno di qualcosa –. Strano mondo, quello in cui bisogna scusarsi di essere gentili. Apprezzo molto che Gloria non abbia tirato in ballo le alte sfere del controspionaggio condominiale, è una donna che sa tenere la bocca chiusa.

– No, non abbiamo bisogno di nulla, grazie. Mio marito ha la febbre alta, ma non è detto che sia quella cosa lí… – Il virus ormai è entrato di diritto nell'elenco delle parole che fanno paura soltanto a pronunciarle. Il tono della Bruzzoni, però, adesso è meno aspro.

Gloria chiede alla voce al citofono se vuole segnarsi il suo numero di cellulare. Suo marito non avrà nulla, certo, si tratterà solo di un'infreddatura... ma intanto la signora il numero se lo scrive.

– Se vuoi, possiamo citofonare agli altri condomini e chiedere se qualcuno ha bisogno di un'iniezione o di un clistere...

Assediati dallo zucchetto di lana a nord e dalla mascherina a sud, gli occhi della veterinaria sorridono.

– Non lo troverai mai un fidanzato se continui a essere cosí seria e perbene...

– E chi te lo dice?

– Che tu non abbia ancora trovato un fidanzato?

– Che io sia seria e perbene.

Sono uno schifoso, sto giocando sporco.

Le accarezzo appena la mano e rientro nel portone. Mentre salgo le scale, mi torna in mente una vecchia battuta sentita chissà dove. Un uomo, al funerale della moglie, dice in lacrime al figlio: «Amavo da impazzire tua madre. Non le facevo mancare nulla, le portavo la grappa con le orecchie».

«Ma papà... si dice *portare l'acqua con le orecchie!*» lo corregge il ragazzo.

«Lo so. Ma tua madre era alcolizzata».

Rientro, getto le chiavi nello svuotatasche e mi accoglie un odore soprannaturale di pizza alla scarola.

Amedeo è tirato a lucido come una vecchia barca ripitturata di fresco.

I capelli bianchi ancora folti sono stati pettinati all'indietro, indossa una camicia pulita e le ciabatte si sono finalmente avvicendate con un paio di scarpe inglesi, ultimo reperto di un'eleganza lontana.

Oggi è nostro ospite a pranzo e Gloria l'ha agghindato come un bimbetto il primo giorno di scuola.

Mi saluta con una creanza rococò e lo accompagno al suo posto. È di buon umore, nel mondo in cui vive le cose sembrano filare lisce.

– Si sente bene, Amedeo?

– Senz'altro.

Sistema il tovagliolo sulle gambe, poi posa le mani sul tavolo, ai due lati del piatto, vicino alle posate. Quando Floriana arriva dalla cucina, accade qualcosa d'imprevedibile: l'architetto all'improvviso rifiorisce, si alza dal suo posto e rimane impalato finché lei non s'è seduta. Poi inizia a chiacchierare come il piú mondano dei novantenni e a rispondere con vivacità, anche se non sempre in maniera coerente. Si rivolge spesso a Floriana, chiamandola «bella signora». Divora addirittura con gusto gli asparagi, «che non ha mai mangiato in vita sua», e racconta in maniera dettagliata di quando era ragazzino e viveva al paese. La sua mente rievoca senza fatica un passato che ama, mentre ha ormai preso le distanze da un presente che non gli piace.

Sono sbalordito dalla ritrovata vitalità del mio ospite: evidentemente la fascinazione sessuale ha effetti molto piú concreti del famoso farmaco rumeno anti-invecchiamento.

Dopo pranzo, facciamo accomodare Amedeo sul divano e lui si appisola quasi subito, inebriato dagli asparagi e dalle grazie di Floriana.

– Però… stare in compagnia può avere effetti impensabili anche su un vecchietto solitario, – osserva lei.

– Stare in compagnia di una donna, – faccio notare io.

Televisione e radio continuano a diffondere dati catastrofici e a me sembra di avvertire un'altra volta tutti i sintomi del virus. Non dico nulla a Floriana, però.

Mentre l'architetto riposa placido, squilla il telefono. Mi precipito a rispondere perché non si svegli.

– Mi aspettavo una tua chiamata per sapere come stavo… Incredibilmente Umberto.

– E come stai?

– Adesso meglio, grazie.

– Ottimo. Conservati cosí –. «Cosí come?» è meglio che non me lo chieda, sarei costretto a dirglielo.

– Quanta umanità. L'avevo previsto, comunque.

Non riesco a farmene una ragione: Pinochet che rimprovera Allende di non avergli fatto gli auguri di compleanno.

– Credo sia meglio che questa telefonata finisca qui.

– Un giorno magari mi spiegherai perché mi odi.

Ora che ormai abbiamo screditato la violenza fisica come mezzo per risolvere i contrasti tra le persone, ho il sospetto che si sia trattato di un grave sbaglio. Faccio presente al noto scrittore che mi ha fatto estromettere dalla collana editoriale nella quale speravo di pubblicare.

– Dopo quello che hai combinato... io sono un artista, non posso sentirmi a mio agio quando condivido certi spazi, anche mentali intendo, con persone che mi detestano... e senza un motivo.

Umberto può accettare di tutto: essere venerato oppure disprezzato, ma l'idea di non fare né caldo né freddo a qualcuno lo fa impazzire.

– Io non ti detesto... ti devi rassegnare.

– Ah no? Allora mi spieghi per quale motivo due anni fa, a quella rassegna letteraria a Volterra, non hai voluto darmi un passaggio fino al nostro albergo con la tua automobile? Non pensare che me lo sia dimenticato.

Dio mio, quest'uomo accumula frammenti di vita senza significato, particelle banali e irrilevanti e le trasforma in fondamenta sulle quali costruire interi edifici di rancore.

– Sí, lo ricordo. Non ti ho dato uno strappo perché in macchina non c'entravamo.

– Ma se eravamo solo io e te!

– E il tuo ego? Dove lo mettevamo il tuo ego? Io ho una berlina, mica un furgone!

Riattacco e lascio trascorrere una trentina di secondi, il lasso di tempo che in genere mi è sufficiente a pentirmi di aver fatto o detto qualcosa di stupido. Niente, non succede niente, non ho nessun effetto collaterale, nessun rimpianto.

Ho un saporaccio in bocca, dev'essere il gusto di quest'ultimo quarto d'ora. Forse un gesto magnanimo potrebbe aiutarmi a ritrovare un po' d'equilibrio e la giusta visione d'insieme. Apro la dispensa e afferro qualche confezione, riso, pasta, biscotti.

Scendo le scale, l'unico sport che pratico ormai da settimane. Suono alla porta del barista, un minuto di bontà e sarò di nuovo in pace col creato.

Mi ritrovo davanti Bruno, che però non mi ringrazia, anzi, mi afferra per il bavero.

– Mi avevi detto che sarebbe durata poco… me lo avevi garantito!

Non capisco subito a cosa si riferisca, una busta di fusilli mi scivola di mano e s'infila nel portaombrelli di ceramica sul pianerottolo.

Rimaniamo in quella posizione per giorni, almeno cosí mi sembra, una scultura vivente dal titolo *Ma come ti permetti?!* Negli occhi del barista posso vedere di tutto, sono i finestrini di un treno in corsa e il paesaggio cambia di continuo. Nel panorama manca solo la fede.

– Scusami, ho sbagliato, – gli dico. Prende i viveri dalle mie mani, ha una moglie, una figlia e un bar che fanno affidamento su di lui, non può permettersi di andare troppo per il sottile.

Mi rivolge un «grazie» stentato mentre fissa il pavimento.

– Guarda che i fusilli sono nel portaombrelli.

16.

I ricchi guariscono.

L'ho scritto nell'editoriale di oggi e la frase ha suscitato polemiche, una cosa che detesto. Qualcuno mi ha addirittura accusato di bolscevismo postdatato. A me sembrava un'affermazione lapalissiana, destinata a raccogliere consensi unanimi. Invece no, pure le ecografie e le analisi delle urine, ormai, hanno assunto un valore politico (i famosi *valori* delle analisi).

La verità però, al di là di tutto, è che i ricchi guariscono. Guariscono quasi sempre. Il ricco tende a sopravvivere, ha tanti buoni motivi per farlo. Le lacrime che costituiscono la perigliosa valle che tutti attraversiamo a lui finiscono per riempire una piscina con trampolino.

Il noto politico, l'imprenditore *tombeur de femmes*, l'ex campione di calcio, il popolare conduttore tv, sono tutti guariti perfettamente dal virus e vi salutano. È un dato di fatto e buon per loro. Dipenderà dalla tempra, dal carisma, dalla voglia di vivere, ma anche dal fatto che hanno le possibilità materiali per curarsi nel migliore dei modi e oltre. Oppure sarà dovuto anche all'amicizia subitanea e incontenibile che in tanti provano istintivamente nei confronti del ricco, e tra questi molti importanti medici a capo di prestigiose strutture.

Alla fine, il ricco sopravvive. Racconta ai giornali la sua esperienza, assicura che è stata dura, che se l'è vista brutta, ringrazia e si ributta a capofitto nella propria esistenza cosí impegnativa. Morale: durante le pandemie è meglio essere ricchi.

È un argomento sul quale organizzare dibattiti? Non direi.

Un tipo è passato a prendere Floriana.

Quando il citofono ha suonato, lei ha detto: «È Stefano» ed è scesa. Avrei dovuto chiederle: «E chi è?» La natura del nostro rapporto avrebbe giustificato la mia curiosità.

Invece, per sembrare disinvolto e naturale, ho fatto la cosa piú innaturale: sono stato zitto.

L'ho guardata uscire e ho trovato solo colpe nella sua bellezza. Era bella contro di me, a mio discapito, era bella per farmi del male.

Mi sono seduto in soggiorno, neanche il tempo di autocommiserarmi una decina di minuti che squilla il telefono. È mia madre.

– Come stai, mamma? – Ammetto che il tono è sepolcrale.

– Non bene, non bene –. Un bellissimo inizio di telefonata tra Jacopo Ortis e Margherita Gautier. Sono di cattivo umore, vorrei tagliare corto.

– È l'umidità, mamma. L'umidità.

– L'umidità non c'entra niente, non sono coperta di muffa. È che ho una certa età e gli acciacchi stanno diventando sempre di piú. Allora sto prendendo una decisione.

Le decisioni si comunicano quando sono state prese, inutile tirare fuori il cartello con la scritta «lavori in corso». Io mi arrocco e non rispondo, ma serve a poco.

– Sto pensando di andare in una clinica, una buona, e fare un check-up completo, un bel controllo generale, – mi dice lei.

– Mi sembra un'ottima idea, – le rispondo, un po' preoccupato.

– Qui non ce ne sono, siamo in provincia... sto decidendo di farmi ricoverare lí a Roma...

Il cervello di mia madre è un marchingegno sofisticato e perverso, già si vede protagonista di *Degenze romane*, una pellicola nella quale anche io dovrei svolgere un ruolo non marginale.

Soprattutto, è un modo per coinvolgermi e colpevolizzarmi: «... Povera donna, il figlio non la cura, è lí buttata dentro una clinica quando invece dovrebbe trovarsi a casa di quel balordo, assistita con amore nel poco tempo che le rimane da vivere... Ma il figlio chi è?... Quello che scrive sul giornale, con la puzza sotto il naso, che pensa solo agli affari suoi...» È cosí che si creano i mostri.

Le dico che ci sono eccellenti cliniche anche a Perugia, cosí non dovrebbe affrontare un viaggio stancante né costi proibitivi come quelli che troverebbe in una grande città. Ma non è di logica che ha bisogno, la mamma.

Chiusa la telefonata, pieno di foschi presagi, vado a controllare la posta elettronica. Mi propongono l'ennesimo acquisto, uno smartwatch con termometro, frequenzimetro, accensione dello schermo con sensore di movimento del polso, ricarica rapida e molto altro. Posso scegliere tra un cinturino in silicone e uno in acciaio. Cosa si può volere di piú? Ti offrono la possibilità di venire a mancare con il conforto della tecnologia piú raffinata, di spegnerti tenendo d'occhio il battito cardiaco e la pressione sanguigna.

Mi irrita che le proposte che arrivano attraverso la mail riguardino sempre oggetti da sciagura: orologi che non ti dicono l'ora ma ti assistono come un primario da polso, strumenti adatti ad affrontare scenari apocalittici privi di acqua potabile e di aria respirabile.

È arrivata un'ambulanza sotto casa, ultimo episodio di una giornata deplorevole. Ne sono scesi due operatori conciati come i palombari del *Nautilus*, tute bianche e scafandri in plexiglas. Contrariamente a quello che sperava la signora Bruzzoni, per il marito si tratta proprio di «quella cosa lí». Lo portano fuori in barella e lui, prima di essere caricato sul veicolo, guarda verso le finestre di casa sua.

Forse pensa che è l'ultima volta che le vedrà. La moglie lo raggiunge mentre stanno per chiudere i portelloni, ha con sé un borsone e lo porge ai sanitari che le rivolgono cenni concitati: se ne torni a casa. Una mano sbuca dall'automezzo come il cucú dall'orologio e afferra il borsone. Poi la donna dice qualcosa rivolta al marito, che è all'interno dell'ambulanza. Si accalora, muove le braccia, manda baci verso quell'uomo con cui ha trascorso gran parte dell'esistenza e che ora vede portare via come un sacco di roba sporca destinato alla lavanderia.

L'ambulanza si allontana e lei rimane sola, in mezzo alla strada, per cinque, dieci minuti.

Vado a distendermi sul letto e sento il desiderio di convocare una conferenza di pace con tutte le mie paure. Floriana rientra e si avvicina alla mia carcassa immobile sul fianco destro. Fingo di dormire, lei finge di crederci.

Ho dimenticato gli occhiali da lettura a casa di Amedeo, ne sono sicuro. Vivo una situazione degna del Conte di Montecristo nel castello d'If: posso averli lasciati solo nella mia cella o in quella di don Faria.

Davanti alla porta del mio anziano compagno di pianerottolo compio un'azione priva di senso: non suono il campanello ma busso.

Amedeo viene ad aprirmi lo stesso e io declino le mie generalità, nel dubbio che non si ricordi di me. La sua innata gentilezza lo spinge comunque a sorridere e invitarmi a entrare, chiunque io sia.

L'appartamento si presenta piú ordinato dell'ultima volta, come se qualcuno si fosse preso la briga di dare una rassettata. I piatti, che per usucapione avrebbero potuto rivendicare la proprietà del lavandino, sono stati lavati e risistemati all'interno dei pensili.

Strano.

I miei occhiali mi chiamano dal tavolo del soggiorno,

mi avvicino per prenderli ma finisco impagliato come una poiana da una grande sorpresa.

C'è un foglio sul quale sono stati tracciati dei segni. Lo guardo con piú attenzione e mi accorgo che si tratta di una piantina, un rettangolo al cui interno campeggiano dei piccoli sanitari, una cabina doccia, uno specchio e un mobile contenitore.

È il mio bagno.

Amedeo lo ha riprodotto su carta con precisione chirurgica, la sua mente claudicante ha ritrovato una lucidità sfavillante nel dedicarsi al mio gabinetto.

– È il mio bagno?

– Senz'altro.

– Ci sta lavorando?

– Ceramiche della Costa Smeralda –. Non aggiunge altro, non ce n'è bisogno. Immagino visioni fantasmagoriche nella fantasia del mio architetto, vecchi ricordi professionali che si fondono e si amalgamano con nuove intuizioni attribuibili al suo male.

– Mi piace. Mi piace molto.

– Devo sviluppare il progetto ma ho finito la carta millimetrata.

– Gliela procuro io –. Non ho idea di dove trovarla.

Amedeo mi porge un porta bonbon d'argento, all'interno ci sono caramelle che devono essere sue coetanee, grosso modo. Ammiro le loro dimensioni generose e i colori sgargianti delle stagnole che le avvolgono, non credo si possa mangiarle impunemente senza ascoltare in sottofondo il Trio Lescano.

– No, grazie –. Amedeo non insiste e scarta per sé un piccolo parallelepipedo rosso. Lo infila in bocca e comincia a succhiarlo.

– Sono contento che tu sia passato a trovarmi, – mi comunica, e vorrei tanto sapere chi sono io nella sua testa in questo momento: il vicino di casa, un cliente di passaggio, l'ambasciatore della Nuova Zelanda.

Restiamo cosí per qualche minuto, lui che poppa dalla sua caramella e io che mi guardo intorno. Non c'è imbarazzo nel nostro silenzio, com'è normale tra amici veri o, comunque, in una riproduzione molto credibile.

– Adesso devo andare, – gli dico.

– Senz'altro, – mi risponde lui.

Mi tiro dietro la porta e per fortuna questa volta non ho l'angoscia di lasciarlo solo: la caramella gli farà compagnia almeno per un'altra mezz'ora.

17.

Non lo dico per vantarmi, ma sono un pusillanime.

A tavola vorrei parlare con Floriana di quel tale Stefano, invece mi alzo, prendo il cavatappi dal primo cassetto della credenza e stappo una bottiglia di rosso.

Libiamo ne' lieti calici, che la bellezza infiora.

In questi giorni di convivenza apocalittica, di passioni e tenerezze postatomiche, ho scoperto qualcosa che non avrei sospettato: insieme a lei sto bene davvero. E non parlo solo di carnalità. Vivere con Floriana equivale ad andare in bicicletta senza pedalare, lasciandosi trainare dal tram, aggrappati a un passamano. Il tram è lei, naturalmente.

Parlando, confrontandoci da persone civili e aperte, potrei scoprire magari che il legame che ha con quel tizio che è passato a prenderla non può essere definito amicizia. Potrei scoprire pure che Floriana non ama sentirsi legata, e poi tutta una serie di altre cose che caratterizzano uno spirito libero ed emancipato come il suo. Potrei scoprire addirittura che la permanenza nei miei ottanta malinconici metri quadrati è soltanto un'idea per annoiarsi un po' meno durante la clausura.

Potrei scoprire tutto questo ma, per fortuna, io non ho la minima intenzione di scoprire niente. Preferisco nascondere la testa sotto la sabbia e tenere Floriana vicino. Non si tratta di fiducia, soltanto di egoismo.

Dopo aver osservato Amedeo a pranzo da noi, in me si è fatto largo un progetto machiavellico.

Ho telefonato alla Cantarutti (vista la morbosa eccezionalità del momento, tutti noi condomini ci siamo scambiati i numeri di telefono, come una comitiva di adolescenti invecchiati alla fine delle vacanze). Le ho chiesto d'incontrarla, facendole subodorare un'improvvisa adesione al suo modo di vedere quello che sta succedendo in Italia.

L'ho invitata a raggiungermi a casa di Amedeo, con la scusa che nel mio appartamento c'era un operaio per dei lavori (ecco una cosa che spaventa tutti).

Ho acchittato Amedeo, l'ho cosparso di dopobarba fin quasi a renderlo irrespirabile e l'ho fatto sedere sulla sua poltrona migliore (la scelta non era molto ampia, dato che ne ha solo due). Poi sono rimasto a guardarlo, un omino senza passato e con poco futuro che una malattia terribile e pietosa ha salvato dal dolore della perdita di una figlia.

La signora Cantarutti ha suonato alla porta, che io ho aperto solo a metà per permetterle di entrare, come fossimo a un incontro segreto tra massoni. Lei s'è intrufolata e ha subito valutato l'ambiente circostante, un poco arredatrice un poco controspionaggio.

– Le presento l'architetto De Lillo... sicuramente già vi conoscete...

Ancora una volta, il miracolo. Amedeo alla vista di una donna è tornato in vita, come la mummia in un film degli anni Trenta.

– Buonasera, bella signora!

Abbiamo chiacchierato una buona mezz'ora, sono stato ad ascoltarla annuendo, ho sospirato e scosso la testa, facendo intendere che avevo capito tutto ma era meglio che non dicessi nulla. Un paio di volte mi sono rivolto anche all'architetto, la cui risposta è arrivata puntuale:

– Senz'altro.

Quando me ne sono andato, i due parlavano tra loro e la durezza della Cantarutti si diluiva nella galanteria antiquata del suo ospite.

Il circo dei virologi televisivi è insopportabile, l'autorevolezza che gli attribuiamo non si fonda sulla loro competenza ma sul nostro terrore. Dicono che bisogna fare attenzione e avere fede nella scienza, esattamente quello che sostiene anche mio zio Sandro, laureato in buon senso.

Gloria è tornata alla carica, benché io abbia cercato di farle intuire in tutti i modi i limiti evidenti del mio altruismo. La faccio entrare in casa, consapevole che Floriana ne sarà vagamente infastidita. Anzi, proprio per questo. È passata a dirmi che Bruno è disperato. Sembra che si stia impelagando con certa brutta gente che presta soldi a tassi siderali.

– E noi... cosa c'entriamo? – le chiedo, pur sapendo che questa frase non mi farà salire nella sua considerazione.

Lei passa come un'asfaltatrice sulla mia indolenza e aggiunge che è indispensabile convincere il barista a non farlo.

– Non è mio fratello, non è un mio caro amico. È solo uno che abita al piano sotto il mio –. Percepisco la grettezza di quello che dico, la mia mancanza di compassione e di solidarietà, però è esattamente quello che penso. Sprechiamo troppo tempo a far finta di essere tolleranti e comprensivi, nel tentativo di farci un autoritratto pieno di coloranti e dolcificanti. Ma io sono un pittore che ha smarrito l'ispirazione, ormai.

Gloria comunque non perde lo slancio e si lascia trascinare dall'ennesimo attacco di filantropia. Se andiamo a parlarci subito, mi garantisce, possiamo evitare il peggio.

«Il peggio *per chi?*» vorrei obiettare. E invece mi ritrovo a scendere ancora una volta le scale per una missione che dovrebbe essere affidata a qualcun altro.

La moglie di Bruno ci fa entrare come se avesse un malato in casa, le luci sono basse e parla sottovoce. Lei e Gloria confabulano concitate e io non riesco a capire una sola parola. Prima che possa affermare la mia presenza in qualche modo, arriva Bruno. Fa il suo ingresso nel soggiorno e non ci prova neanche un attimo ad allestire la commedia dell'ospitalità. Ci guarda truce e si bilancia sulle gambe.

Perché sono qui? Le cattive compagnie sono pericolose, ma anche quelle buone non scherzano. Vorrei avere il coraggio di dire: «Credetemi, vi scongiuro, io non sono così, sono peggiore, molto peggiore di quello che sembro! Non me ne frega niente dei vostri problemi, sí, forse un po' mi dispiace, ma non cosí tanto...»

Invece mi siedo sul brutto divano color albicocca insieme alle donne, mentre il barista rimane in piedi, sulla difensiva.

– Queste persone vogliono aiutarci, – dice Barbara. Il tono è quello di chi all'improvviso si trova davanti un orso e cerca di rabbonirlo. Bruno risponde che non sono affari nostri e io vorrei alzarmi, stringergli la mano e andarmene, ma non lo faccio.

– Ti aiuteremo noi, stai tranquillo... – Il grumo di sillabe esce dalla gola di Gloria, che mi guarda in attesa di conferma. Pur di uscire da quest'appartamento, confermerei l'esistenza dell'unicorno.

– Certo... nei limiti del possibile –. Provo a prepararmi una via di fuga da questa misericordia adulterata.

– Quei soldi ci servono, cosí non possiamo piú andare avanti... – Tutti e tre, allora, ci mettiamo a implorare il barista di non fare sciocchezze, di non consegnarsi nelle mani di un gruppo di mascalzoni. Insomma, dobbiamo raccomandarci a un imbecille perché non si rovini con le proprie mani. Ma Gloria decide che raccomandarsi non basta: dobbiamo pure pagare, per stare sicuri. Cosí tira fuori il portafoglio dalla borsa e ne estrae un paio di banconote, poi mi guarda.

Occhi belli e buon odore, finisco per sganciare anch'io. Infilo una mano in tasca ma trovo solo un pezzo da cinquanta. Mi sembra poco e starei per rimetterlo a posto, Gloria però me lo toglie dalle mani e lo unisce ai suoi.

– Ecco, per ora prendi questi e fatteli bastare... in qualche modo faremo... pensa che non sei solo –. Gloria mi guarda ancora, stasera è già la terza volta e a ogni sguardo mi ha piazzato un ostacolo davanti ai piedi.

– Sicuro... non sei solo –. Potessi esserlo io.

Il Filosofo dice: «La vita è dolore». L'Umorista dice: «La vita è dolore, scendi dal mio piede, per favore». Non devo dimenticarlo mai, soprattutto in questo momento in cui tendo ad abbracciare il primo punto di vista.

Uscire per strada dopo intere settimane trascorse in casa mi dà una sensazione sgradevole, simile a quella che deve provare una gazzella quando vede da lontano un branco di licaoni.

Nessuno rispetta le regole, o almeno cosí mi sembra. Siamo tutti pronti a essere inflessibili con gli altri e a concedere deroghe generose a noi stessi. Incrocio individui abbracciati, altri con le mascherine calate o indossate in maniera creativa, qualcuno proprio non la porta. Cerco di svicolare e di non passare troppo vicino a nessuno. Un'automobile parcheggiata sul marciapiede mi costringe ad appiattirmi tra il paraurti e il muro di un palazzo. Mi trovo davanti una vecchia con le buste della spesa. Scappo, senza dignità, senza riflettere, senza tentare nemmeno di salvare la forma.

Arrivo quasi correndo sotto lo stabile nel quale si trova lo studio dell'avvocato Pagliaroli. Per uscire ho preso la FFP2 di Floriana: indossandola sento il profumo del suo rossetto e mi tranquillizzo, come il neonato che smette di piangere quando avverte l'odore della madre. In fondo, penso, è l'odore di un bacio coltivato in serra: solo l'angoscia di un momento come questo poteva farmi balenare in mente un'immagine tanto smielata.

Salgo le scale e arrivo davanti alla porta dello studio Pagliaroli-Franti e Associati.

Mi apre una signorina tutta in beige che mi fa accomodare per qualche minuto in una piccola sala d'attesa, prima di accompagnarmi da Pagliaroli.

– Eh, caro Vittorio, questi qui non vogliono proprio mollare! – mi dice l'avvocato da dietro una scrivania nera, lucida, minacciosa.

Nello spot televisivo del Banco Meneghino, un tale in abito gessato sta scalando intrepido una montagna impervia e formidabile. Si tratta di un'ardita metafora: la montagna rappresenta il risparmio dei correntisti, una vetta che solo quella banca può rendere inespugnabile. Perché poi uno dovrebbe fare l'alpinista indossando un completo tre bottoni in lana mohair, mi sfugge. Arrivato in cima, lo scalatore damerino sorride e pianta nel terreno roccioso la bandiera con il simbolo dell'istituto finanziario. Poi rimane lí, fiero, a scrutare l'orizzonte. Dove abbia intenzione di conficcare in futuro il suo vessillo, ora mi sembra abbastanza chiaro: contano su di me.

– Cosa dobbiamo fare? – domando.

– Vorrei saperlo anch'io, – mi rassicura Pagliaroli, – dipenderà molto dal giudice che ci viene assegnato… da come vede la situazione… in casi del genere l'interpretazione del magistrato è determinante, a prescindere dalla nostra linea difensiva –. Sta mettendo le mani avanti, spero sia solo una mia impressione.

– Quindi devo preoccuparmi?

– Preoccuparsi nella vita serve a poco… anche perché loro sono una banca di una certa importanza, ma noi siamo un grande quotidiano nazionale… – Speriamo nel pareggio, insomma.

Mi dirigo verso casa con il passo di un membro della Resistenza braccato dai tedeschi. Sfilo per le strade e osservo i caseggiati che incontro, chissà quanti sono repliche esatte del mio, pieni di un'umanità spaventata in attesa della notizia che la guerra è finita.

Sul portone incontro Jack, che ha adescato un nuovo cliente. Appena entro in casa, Floriana mi abbraccia e mi chiede cosa mi ha detto l'avvocato.

– Come pensi che andrà a finire? – Come andrà a finire lo sa soltanto Dio e forse non vuol saperlo neanche lui, per non rovinarsi il finale.

Mi metto a spulciare i siti d'informazione, riportano tutti una notizia diventata virale solo in questi giorni: una rissa durante le prove di una sacra rappresentazione pasquale. Lo scenario è un piccolo comune delle Alpi Apuane e il fatto risale alla Pasqua dell'anno scorso. A provocare la zuffa, l'assegnazione delle parti. Il parroco le stava distribuendo, quando l'attore che doveva interpretare Caifa, insoddisfatto del personaggio assegnatogli, offendeva pesantemente un compaesano cui invece era stato affidato san Giovanni, l'apostolo prediletto da Gesú. Lo accusava di aver ottenuto il ruolo non per meriti artistici, ma grazie a una generosa donazione per il restauro del campanile. Ponzio Pilato allora, invece di lavarsi le mani come l'immedesimazione nella parte avrebbe preteso, si metteva in mezzo per placare gli animi e rimediava un ceffone, mentre Maria Maddalena, per difendere il marito che interpretava il governatore romano, colpiva il capo del Sinedrio con un attrezzo del direttore di scena, lasciandolo a terra esanime. Dopo qualche istante l'intero cast, fraintendendo forse il concetto di «passione», iniziava a darsele di santa ragione (ecco l'unica santità credibile in tutta la vicenda).

A questo punto intervenivano i carabinieri, quelli veri, che denunciavano a piede libero per lesioni dodici persone, tra cui san Pietro e l'angelo che doveva annunciare alle pie donne la Resurrezione.

Mi auguro che al parroco di quel piccolo paese delle Alpi Apuane non venga in mente, il prossimo Natale, di

93

organizzare un presepe vivente: i pastorelli sono troppo numerosi perché i Re Magi possano sperare di sopraffarli in una colluttazione. Avevo scelto come titolo per il pezzo: *Quando la fede sconfina nel wrestling*. Al Direttore non è piaciuto e allora ho lasciato che se ne occupasse un titolista.

Ignoravo cosa fosse un ozonizzatore, adesso lo so. Me l'hanno proposto scrivendomi sulla posta elettronica, mi garantiscono che con un aggeggio del genere si sterilizzano addirittura gli strumenti chirurgici. È ottimo anche per purificare l'aria. Ne deduco che, se il mio quartiere fosse oggetto di un attacco con gas militari e mi rifugiassi in casa ferito, potrei contare su un'atmosfera incontaminata e operarmi tranquillamente da solo con dei ferri asettici. Saperlo mi fa stare meglio.

Floriana deve aver percepito da parte mia una certa freddezza, nei limiti di quanto si possa essere freddi con una donna così. Stasera ha deciso di cucinare lei, calamari alla piastra e vino bianco. Un fetore di pesce riempie la cucina, mentre una serenità insolita riempie il mio cuore.

18.

Il piano è semplice: ottanta metri ad andatura svelta e arrivo all'edicola. Prendo la rivista che mi serve e torno subito a casa.

Esco dal portone e trovo Umberto. Se ad aspettarmi ci fosse stato uno stambecco mi sarei stupito di meno. Mi guarda con le braccia incrociate sul petto, non indossa la mascherina ma una ridicola pashmina bordeaux che gli copre naso e bocca.

– Cosa ci fai qui? – Davvero non riesco a immaginarlo.

– Voglio chiarire le cose una volta per tutte –. Mi si spalanca davanti una voragine, per un attimo penso di mettermi a correre in una direzione qualsiasi, ma anche la mancanza di dignità ha un limite. Gli rispondo che non c'è niente da chiarire, lui la vede in un modo e io in un altro, non è obbligatorio essere amici e piripí e piripà. Questo immenso rompicoglioni, però, non ha nessuna intenzione di lasciarmi al mio destino.

– Devi farmi capire cos'hai contro di me, quale singolare, occulto meccanismo si mette in moto nel tuo cervello quando mi pensi.

Parla peggio di come scrive, non credevo fosse possibile.

– Tu mi sei antipatico e io, probabilmente, lo sono a te, – gli dico. – Tutto qui. Risparmiati i tuoi psicologismi d'accatto. Vivi tranquillo, dico davvero, non stare a lambiccarti su di me, non lo merito. È solo una questione istintiva: provo un senso di benessere quando ti allontani.

– Da cosa ti deriva tutto questo disprezzo? – Mi esamina con gli occhi semichiusi, come a voler penetrare il mio mondo interiore.

Rientro in fretta e furia nel portone, lasciandolo lí a riflettere sull'imponderabilità dell'animo umano. Non ho preso la rivista che volevo, ma non ha piú importanza.

L'ascensore mi appare ormai un luogo insidioso, una navicella intercondominiale ricettacolo di virus sconosciuti. Di conseguenza, uso solo le scale. Mentre salgo assisto a uno spettacolo inatteso: Amedeo sta entrando nell'appartamento della Cantarutti, al seguito della padrona di casa. La voce di lei è puro argento. Faccio qualche passo indietro e mi fermo, non so esattamente se per origliare o per non sciupare il momento. Quando la porta si chiude, riprendo la salita e mi sento un po' piú leggero.

Rientrare in casa mi infonde una felicità inedita, sproporzionata rispetto alla banalità del gesto in sé. Ci si può abituare a una mostruosità? È possibile assuefarsi a tal punto a una anomalia da desiderarla con ardore, da non poterne piú fare a meno? Non provo nessun desiderio di uscire, come se lo spirito che per millenni ha spinto l'essere umano a fare danni in giro per il mondo in me si fosse anchilosato. Nel mio piccolo recinto mi sembra di avere tutto quello che mi serve: il lavoro, la sicurezza, il tormento.

– È bello buttare le medicine scadute. Vuol dire che non le abbiamo usate.

La logica di Floriana è magnetica, tutta in massello, affascinante come un veliero che esce dal porto al tramonto. Il potere eversivo del buon senso sfugge ai piú, non riusciamo a percepirlo: ci sembra che solo i colpi di testa, i comportamenti inusuali e stravaganti possano cambiare le cose, mentre è la semplice applicazione della ragionevolezza la vera rivoluzione. Agite secondo buon senso e sarete dei grandi innovatori.

– Perché io? – le chiedo. È una domanda misteriosa ma lei la comprende subito, eccome se la comprende.

– Perché sei un uomo buono ma non pretendi che il mondo te lo riconosca. Sei buono per impossibilità di non esserlo. E poi hai dei bei piedi.

– È fondamentale nel mio mestiere.

Poggio la testa sul suo seno e sento il battito, quel martellare del cuore che ci dà sempre una certa apprensione: lo fa, ma potrebbe anche smettere di farlo.

– Dimmi che batte per me –. Toccare il fondo in amore è una mia inclinazione naturale.

– Dico che ti puoi fidare.

– È quello che il lupo dice all'agnello nelle favole, no?

Devo imparare ad accontentarmi, ad accettare l'incantevole parzialità del nostro rapporto: *tutto* è una percentuale troppo alta per una donna come Floriana.

– Voglio cambiare vaso alla rosa sul terrazzo... quello di adesso è piccolo, le radici soffocano –. È chiaro che ha troppe energie da spendere: quando l'accumulo diventa eccessivo lei deve entrare in azione, fare qualcosa, qualunque cosa. Uno di questi giorni mi aspetto che cambi tutte le cinghie degli avvolgibili o che ritinteggi il soggiorno.

La accompagno sul terrazzino, naturalmente.

Lei mette i guanti da giardinaggio e procede al travaso, non so se ne abbia mai eseguito uno prima ma si muove con la sicurezza di un vivaista prossimo alla pensione. Io la assisto, rispettoso dei suoi ordini.

– Voglio portarti in un appartamento piú grande, – dico.

– Perché? – mi domanda distratta, mentre sta potando con vigore.

– Le rose vanno travasate, no?

È incredibile come certe asserzioni, di fatto indifendibili, sortiscano all'improvviso un effetto inatteso e abnorme. Floriana mi stringe la testa tra le mani guantate e sporche di terra, me la tiene avviluppata per un minuto, stretta sul suo ventre.

- Questa testolina, questa testolina... cosa devo farci con questa testolina? Cosa devo fare con te? Vuoi diventarmi indispensabile?

È scossa, devo approfittare del momento. La bacio, mentre la rosa, ormai quasi potata al suolo, ci osserva in silenzio dal suo nuovo, comodissimo vaso.

Io cerco d'isolarmi ma Gloria non me lo permette, è spietata nella sua compassione per il genere umano e mi aggiorna su tutto, nonostante io le abbia fatto capire che vorrei essere lasciato in pace. Il marito della Bruzzoni è ancora ricoverato. I primi giorni la moglie poteva parlargli al cellulare, lui cercava di rassicurarla ma ogni telefonata era una lettera dal fronte.

Poi l'hanno portato in terapia intensiva. Un medico chiama ogni giorno la signora Bruzzoni, cosí mi ha detto Gloria, e le spiega come vanno le cose per il marito. Pare che abbia gravi problemi respiratori. L'avrò incontrato sí e no una mezza dozzina di volte, un uomo silenzioso, sulla faccia ha rughe che arrivano all'osso tanto sono profonde. Mi chiedo cosa starà pensando, se si è abituato ad avere paura.

Mentre sono seduto sul divano e leggo un po' di stampa straniera, riconosco i piccoli, elettrici, cadenzati rumori che fa Floriana quando si prepara a uscire: passi affrettati, capelli ravviati con vigore, il suono dell'anta scorrevole dell'armadio che viene aperta e poi richiusa.

Ho un lampo di panico: aprirà la porta, la varcherà, la richiuderà. Forse va a comprare qualcosa, aveva detto di voler acquistare uno shampoo o una lampada alogena per la stanza da letto, non ricordo bene.

- Esco, ci vediamo dopo -. Il minimo sindacale, la reticenza che si traveste da lessico quotidiano, l'informazione omertosa di un regime amoroso totalitario.

- Se vai a fare due passi, ti accompagno -. Questo

sono io, un uomo che neanche nella meschinità riesce a eccellere.

– No, caro. Devo vedere Stefano. Un paio d'ore e sono di ritorno.

Un paio d'ore bastano e avanzano per fare quello che temo. Floriana mi si avvicina, il suo profumo francese la annuncia. Mi bacia in fronte e un attimo dopo scompare, leggera come una creatura di polline.

Rimango bloccato, per la prima volta in vita mia mi accorgo che stare seduti è doloroso.

Potrei chiamarla, farle una domanda, infuriarmi, essere sgradevole, darle un ultimatum, potrei fregarmene o trovare stimolante l'ipotesi di un triangolo. Non riesco a fare niente di tutto questo: resto fermo, con lo sguardo fisso su quello che sto leggendo.

Si verificano a questo mondo avvenimenti importantissimi che la maggior parte delle persone ignora.

A Francoforte, ad esempio, viene organizzato l'emozionante concorso «Il mollusco dell'anno», che ha il compito di scegliere, tra le centinaia di specie marine presenti negli oceani del pianeta, quella ritenuta biologicamente piú rilevante dagli scienziati. Al termine di una competizione molto avvincente, viene dichiarato vincitore l'animale con la sequenza del genoma piú intrigante. Immagino che ci siano anche tifoserie agguerrite dei vari molluschi in gara, per sostenere con cori e striscioni il totano o la vongola di cui sono fan.

Se mi fossi presentato, quest'anno avrei avuto buone possibilità di vincere, non ci sono in giro molti molluschi piú interessanti di me. Ho chiuso l'ennesimo corsivo e sono rimasto seduto sul divano, mentre la luce che filtrava dalla tenda si affievoliva.

Floriana è tornata piú bella di quando era uscita, m'è sembrata di ottimo umore e la compresenza di questi due elementi mi ha gettato nello sconforto. Poi ho pensato che se fosse rientrata scarmigliata e irritabile, l'avrei presa male lo stesso.

Non le ho detto nulla e lei nulla ha sentito il bisogno di spiegarmi. Ho ripensato a Tina, la donna con cui ho avuto una pallida relazione che si è chiusa poco prima di conoscere Floriana. Quella storia, durata quasi due anni, è finita per consunzione, sfumando come sfumavano i quarantacinque giri negli anni Settanta. Un amore che non ha avuto soprassalti, né all'inizio né mentre appassiva. Adesso mi sto rifacendo, su questo mi pare non ci siano dubbi.

Ieri sono arrivati i nuovi approvvigionamenti per le truppe: con il tizio del supermercato che fa le consegne ormai s'è creata una certa familiarità, uno strano cameratismo dovuto al clima di guerra che stiamo vivendo. Ha lasciato un paio di cartoni dentro la mia cucina, ci siamo rivolti reciprocamente alcune frasi ispirate al piú generico ottimismo, «Dài, forza» e «Ma sí che ce la faremo!», poi m'ha salutato e se n'è andato.

Parte delle provviste sono state recapitate a Barbara, parte alla signora Bruzzoni, che ormai piange soltanto e non riesce piú a parlare. Dello smistamento si occupa Gloria, io pago e non dico niente, m'importa poco di come vengono ripartiti i generi alimentari che compro, credo di essere l'unica onlus tendenzialmente contraria alla beneficenza.

Ogni individuo con cui mi capita di avere a che fare si lamenta dell'impossibilità di uscire di casa e di viaggiare per colpa di questa maledetta emergenza. Io mi dichiaro d'accordo, annuisco e serro le labbra, ma è solo una finzione per non essere estromesso dal gruppo, come quando a quindici anni mi univo ai commenti volgari dei miei coetanei sulle ragazze perché non pensassero che c'era qualcosa di irregolare in me.

I quotidiani raccontano di persone morte senza poter rivedere i propri cari, e io continuo a cercare d'immaginare come mi sentirei se mi trovassi in una situazione del genere, ricoverato in un reparto di terapia intensiva o in attesa di sapere cosa sta succedendo a un familiare. Mi abbandono alla mia paura, non provo neanche per un secondo a combatterla: come se poi la paura potesse preservarmi dal virus, come se una malattia cosí potente non avesse tempo né voglia di occuparsi di un vigliacco.

Mi viene in mente Fasotti, un giornalista che ho conosciuto anni fa, quando lavoravo per un settimanale a Milano. Era un uomo di piccola statura, con guance pendule da bulldog e un singolare senso dell'umorismo. Aveva sposato una donna molto piú giovane e la presentava chiamandola «la mia vedova». Mi piaceva, Fasotti, era spiritoso senza forzature, sedeva sul balcone della sua esistenza e guardava fuori con distacco, sfoderando un ghigno perenne. Se mi chiedessero d'indicare un uomo coraggioso, direi lui: aveva capito che era tutta una commedia e che non era il caso di spaventarsi. Ho saputo della sua morte un paio d'anni piú tardi, e m'è dispiaciuto non essere riuscito a salutarlo un'ultima volta.

Ecco il guaio delle domeniche pomeriggio, ci si mette a correre a ritroso con i ricordi, a pensare troppo. Pensare troppo non serve a niente, può solo illanguidirti e renderti fragile.

Dalla finestra vedo un uomo di mezza età che sale a bordo di una bellissima auto sportiva: il sogno di un bambino nell'estratto conto di un cinquantenne.

19.

Mamma non rispondeva al telefono.

Il giovedí, quando Irene ha il pomeriggio libero, coincide con il momento della settimana piú bello per mia madre, che può finalmente sentirsi abbandonata da tutti.

Io la chiamo sempre durante quelle poche ore, chiacchieriamo, lei si lamenta della sua condizione, mi dice una mezza dozzina di volte che desidera solo morire, io le rispondo che per questo ultimo, definitivo servizio non è possibile prenotare, poi cambio discorso, racconto scemenze e le parlo del mio lavoro, suscitando il suo tiepido interesse.

Oggi però il telefono squillava e nessuno dall'altra parte alzava la cornetta. Ho riprovato dopo un quarto d'ora e di nuovo niente.

In casi del genere, nell'arco di pochi minuti si passa dal «forse sarà in bagno» al «mio Dio, è caduta e ha battuto la testa». Oltre alla preoccupazione, ci si trova a dover fronteggiare anche un vago, mortificante senso d'inadeguatezza davanti alle emergenze.

Ho provato pure a chiamarla sul cellulare, che lei tiene spento per scelta ideologica. Alla fine mi sono deciso a telefonare a Irene per pregarla di andare a controllare cosa stesse succedendo. La voce metallica della sua segreteria telefonica m'è sembrata un presagio spaventoso. Dalla mia prima telefonata era ormai trascorsa piú di un'ora.

«E adesso che faccio?»

L'unica azione sensata era chiamare la polizia, ma prima di un gesto tanto drammatico ho fatto un ultimo tentativo.

– Pronto?

Eccola la cara mamma, che si rivolgeva al suo potenziale orfano con il tono distaccato e innocente di chi non ha mai sentito in vita sua lo squillo di un telefono.

– Mamma! Ma che fine hai fatto?!

– Ah, eri tu? Non pensavo. Tu chiami sempre piú tardi...

Lo aveva fatto apposta. Apposta. Per farmi preoccupare, per vendicare con il panico la mia lontananza matricida. *Ti sei spaventato? Beh, sei tu che mi hai lasciata sola, alla mia età...*

Questa volta la telefonata è durata meno del solito, ero irritato con lei e i suoi giochetti.

– Mi sento molto isolata qui, – ha detto, cercando di cambiare le carte in tavola.

– Approfittane per rileggere i classici, – le ho risposto e, cosa meravigliosa, non mi sono sentito una carogna.

Gloria è venuta a cercarmi con lo sguardo dell'adolescente appena uscita dal cinema dopo aver visto un film d'amore.

– Te ne sei accorto? – mi chiede. Lo chiede a me, che sin da ragazzo non mi sono mai accorto di nulla, neanche che avevano cambiato i mobili della mia stanza.

Parla veloce, con enfasi, per la prima volta ha dimenticato d'indossare la mascherina e posso studiarla da vicino, ammirare la delicatezza del suo naso, i salti mortali delle sue labbra, l'opera encomiabile dell'apparecchio ortodontico portato da ragazzina.

– Amedeo e la Cantarutti...

La separazione dei genitori, un paio d'anni in un collegio di suore agostiniane del Sacro Cuore, cinque o sei fidanzati sbagliati, una cinquantina di autopsie veterinarie tra cui un alligatore del Gange: niente di tutto questo è riuscito a scalfire in lei la naturale tendenza all'idillio.

Le confesso che li ho visti entrare insieme nell'appartamento della Cantarutti, lei mi svela che tra loro è iniziata una relazione e che l'acida donnina ora si prende cura del *nostro* Amedeo con dolcezza infinita. Per farla breve, c'è del tenero tra i due. «Piú che del tenero, del molle», starei per dirle, considerata l'età dei protagonisti, ma non voglio rovinare l'incanto.

Insomma, la mia ruffianeria ha avuto successo, il mio proposito fraudolento, come gran parte dei propositi appartenenti a questa congrega, è andato in porto.

Stasera ho sentito di nuovo tutti i sintomi del virus.

Non ho detto nulla a Floriana, ho misurato di nascosto la febbre ma avevo trentasei e sette. «Un po' di alterazione», direbbe mia madre.

Forse dovrei fare dello sport, mi aiuterebbe a stare meglio, a essere meno concentrato su problemi del tutto immaginari. Io sono portato per lo sport, nel senso che devo essere portato con la forza a praticarlo.

Portato per lo sport. È con battutine del genere che mi guadagno da vivere. Anni fa, il mio amico Mario chiosò una chiacchierata sul mio lavoro dicendo: «Se penso che ti pagano...» A volte mi sembra di condividere il suo punto di vista.

La sera le strade sono impercettibili, da fuori arrivano pochi rumori che diventano preziosi per la loro rarità. Il confinamento generale ha cancellato ogni frivolezza dalla vita quotidiana: i ragazzi che giocano al pallone in piazza, le risate di un gruppo di colleghi che vanno a prendere il caffè, il viavai della folla che entra ed esce dai negozi.

Non mi dispiace.

Mi godo il suono incontaminato di un autocompattatore, il sibilo di un aeroplano indifferente, una tapparella che scende lamentosa nell'appartamento sotto il mio, a sancire la fine di un'altra giornata.

Floriana è in cucina e parla al telefono con un'amica, mentre prepara un'insalata che è una babele d'ingredienti, dalla papaya ai filetti di sgombro. È serena, o riesce a simularlo in maniera convincente.

Io cerco di girarle intorno nella penombra, sempre: quando facciamo l'amore, quando mi difendo con le mie capriole verbali dalla sua franchezza o quando mi comporto come il principe dell'approssimazione. È meglio che non mi guardi in piena luce, potrebbe rischiare di vedermi.

Sono almeno cinque giorni che non ho notizie dal giornale. Decido d'interpretare la cosa come un segnale positivo, forse la storia della querela si sta sgonfiando: per un istituto bancario dev'essere avvilente abbassarsi a denunciare un imbrattacarte, quando ha i mezzi per dedicarsi a malefatte ben piú appaganti.

Per fortuna che almeno ho il mio giocattolo, il lavoro.

È stato bello scoprire che un'università spagnola ha pubblicato uno studio sull'intelligenza dei fagiolini.

Quello che noi consideriamo soltanto un contorno è in realtà un insieme di esseri viventi ingegnosi, capaci di prendere delle decisioni ben precise, come scegliere in quale direzione arrampicarsi, attraverso tutta una serie di movimenti coordinati alla perfezione. Mentre la cicoria cresce a casaccio e gli asparagi improvvisano, i fagiolini, sfruttando quella che gli scienziati definiscono la «cognizione vegetale», sanno esattamente dove andare e calcolano con perizia la distanza da percorrere, la densità della luce e l'appiglio piú robusto.

Poveri noi, che ripassiamo in padella un esempio da seguire, un modello cui dovremmo ispirarci con fiducia.

Grazie ai fagiolini ho passato un'ora e quarantatré minuti – il tempo impiegato per scrivere l'articolo – senza che venissero a trovarmi le mie preoccupazioni.

Oggi mi hanno proposto via mail l'acquisto di un laser accendifuoco d'estrema potenza, visibile a chilometri di distanza, in modo che un'équipe di soccorso montano riesca a individuarmi con facilità quando mi perdo in alta quota in mezzo a una tormenta di neve. In tono informale, quasi amichevole, hanno voluto comunicarmi pure che mi applicavano uno sconto del settanta per cento sul prezzo di listino, casomai mi passasse la voglia di rimanere vivo a fronte di una spesa eccessiva.

In televisione ormai ci vanno giú pesanti, hanno mostrato una chiesa piena di bare. Ho sempre pensato che quello che ci fanno vedere in tv non sia mai del tutto vero, mi piacerebbe fosse cosí pure stavolta.

Quell'ingorgo di alimenti che Floriana chiama «insalata» è persino buono, e lei mi guarda mangiarlo con trepida soddisfazione.

A causa della mia freddezza telefonica dell'altro giorno la mamma deve essersi offesa, infatti non si fa sentire da un po'. La chiamerò io, non riesco a immaginare cosa inventerà stavolta per colpevolizzarmi. Essere figlio di questa donna è come seguire una serie televisiva senza poter mai indovinare quale colpo di scena avrà in serbo per te la prossima puntata.

Oggi ho pensato che, in fin dei conti, la nostra vita è solo aspettare che trascorra, che il tempo passi nel modo piú veloce e indolore possibile. Se è lunedí attendiamo con impazienza che arrivi il venerdí, se è inverno scalpitiamo per trovarci al piú presto in estate, se dobbiamo incontrare la persona che amiamo di lí a una settimana non vediamo l'ora che quei pochi giorni si tolgano dalle scatole. Ci comportiamo come se non dovessimo morire mai. Nessuno pensa al presente, a farlo durare a lungo e a viverlo nel migliore dei modi. Stiamo al mondo ottant'anni ma desideriamo viverne davvero meno della metà.

La clausura mi rende inutilmente profondo, come un pozzo artesiano già secco.

Vado a buttare l'immondizia, ho nelle mani tre buste

stracolme di rifiuti di diverso genere, Floriana ci tiene che la differenziata sia fatta con precisione maniacale.

Sul portone incontro Amedeo che rientra, probabilmente la Cantarutti lo ha mandato a fare una piccola commissione per verificare che sia in grado di tornare a casa da solo. Un bel rischio. Probabilmente s'è appostata sul balcone, telecomandandolo con il pensiero e pregando che se la cavasse. Un azzardo premiato dalla fortuna e dallo scarso traffico automobilistico di questo periodo.

Ci incrociamo, lui che rientra e io che esco immerso nel pattume. Mi faccio indietro per lasciarlo passare e ci sorridiamo da sotto la mascherina per una decina di secondi, rappresentanti di un'umanità gentile e disponibile che forse nemmeno esiste.

– Mi scusi... le auguro una buona giornata, – dice lui.

Da vecchi ci si sente in dovere di scusarsi per qualsiasi cosa.

La fanciulla con il cappellino arrogante fa la smorfiosa.

Definirla «fanciulla» potrebbe suonare ironico, non fosse che la serie televisiva è ambientata nell'Ottocento.

Floriana segue con grande interesse l'ennesima puntata di questo feuilleton che racconta un universo abitato esclusivamente da madri impegnate a garantire alle figliole il matrimonio migliore. E di figliole ne hanno almeno quattro o cinque a testa. Duchi, marchesi, ufficiali di cavalleria, imbroglioni, strozzini mi passano davanti in un turbinio di redingote e basettoni.

– Ma è innamorata del mercante di spezie? – domando.

– Ma no! Ti pare che ci si possa innamorare di un mercante di spezie?

I mercanti di spezie, secondo la visione del mondo di Floriana, sono destinati a una solitudine implacabile. E meritata.

– Giselle ama il Duca! – mi spiega lei, come fosse una cosa ovvia. È facile amare i Duchi, mi verrebbe da dire.

– Comunque… innamorarsi di un mercante di spezie ha i suoi vantaggi… non corre il rischio di essere ghigliottinato dai giacobini…

Floriana però è completamente presa dall'evolversi della trama.

– E se io fossi un mercante di spezie… mi ameresti lo stesso? – insisto stupidamente.

Lei sembra non avermi sentito, immersa com'è nell'intreccio di sospiri amorosi, talmente frequenti e concreti da spettinare i telespettatori.

– Tu non distingui l'origano dalla cannella –. Invece mi ha sentito eccome.

Sull'«ameresti» però non si è pronunciata. Un amore faticoso come un turno di notte in fonderia, il nostro.

Continuo a guardarla, mentre con la fantasia sale in carrozza insieme a Giselle.

Sulle sue labbra si affaccia veloce un sorriso: la nostra immaginazione è il piú grande multisala del mondo.

La madre di Giselle intanto corteggia il cardinale perché convinca la famiglia del giovane Duca a prendere in considerazione la figlia, anche se non appartiene a un nobile casato.

Se riesce ad amare una baggianata del genere, Floriana potrà amare anche me. Se ne sta seduta con il gomito poggiato sul bracciolo e il mento sul palmo della mano, serena e appagata.

Le serie in costume ci tranquillizzano. Si svolgono secoli fa e qualunque cosa succeda, anche la piú orribile, ormai è lontana. Quelle di fantascienza invece ci divertono perché avverranno tra duecento anni, quando noi non ci saremo piú.

Il passato ci rassicura e il futuro ci galvanizza.

A spaventarci, rimane solo il presente.

Il rito del bollettino serale in televisione è un sacrificio supremo al Dio del cattivo umore.

Il contagio non ha nessuna intenzione di fermarsi, si comporta come un orso quando scopre un alveare: fa i suoi comodi e se ne frega degli attacchi delle api, possiede una pelliccia troppo folta perché riescano a pungerlo. Fino a ieri il peggio che poteva capitarci era un graffio sulla fiancata dell'auto nuova, oggi giriamo per strada come un esercito di chirurghi distratti usciti in fretta e furia dalla sala operatoria.

E c'è sempre chi se ne sta con le spalle poggiate al muro e ti dice: «Non è vero niente, ti stanno prendendo in giro». Lo sguardo del mondo è rivolto agli scienziati, ma per poco: l'attenzione si trasformerà presto in impazienza e poi in scetticismo.

Intanto, Bruno è scomparso. Manca da casa ormai da ventiquattro ore. La moglie s'è rivolta a Gloria e lei mi ha cercato subito, ormai pensa a noi due come a una squadra di pronto intervento condominiale.

– Barbara è disperata, pensa che Bruno abbia un'altra –. Essere disperata è la condizione abituale di quella donna, il suo punto d'equilibrio. Sarebbe preoccupante vederla serena. Gloria però non vuole sentir dire certe cose, e i suoi occhi da antilope mi fissano in attesa che dica quello che lei vuole sentirmi dire. Io invece mi limito a stringermi nelle spalle.

– Cosa possiamo fare? – mi domanda.

– Mi vengono in mente tante cose, ma nessuna include Bruno, – rispondo. So che la veterinaria non rinuncerà tanto facilmente, ormai sono certo che la sua tendenza a soccorrere il prossimo sia un morbo che le ha trasmesso un sanbernardo avuto in cura. C'è stato un salto di specie, per usare un'espressione molto di moda.

Mi comunica che vuole uscire a cercare il barista, il suo tono è quello di una creatura determinata e indipendente e prevede che io, scosso dal suo atteggiamento, le proponga di accompagnarla.

– E quando lo trovi che fai, una scenata di gelosia per interposta persona?

È a questo punto che Gloria utilizza la frase che temevo: – Tento di farlo ragionare.

– Andare in giro per il quartiere a cercare una persona, con il rischio di trovarla che dorme ubriaca su un marciapiede o tra le braccia di chissà chi, è una cosa che si fa, e a malincuore, per un parente. E attenzione, mi riferisco a un grado di parentela molto stretto. Un fratello, diciamo. Già per un cugino, io lascerei perdere –. Dopo averle chiarito le mie gerarchie dinastiche, provo una leggera vergogna. La meschinità però è una parte di me, come il grasso lo è del prosciutto.

Gloria accetta il mio ritiro senza mostrare crepe: andrà da sola, si aggirerà un paio d'ore per il quartiere e non riuscirà a trovarlo, perdendo fiducia a ogni vicolo nel quale s'infilerà inutilmente. Tutti gli esercizi commerciali sono chiusi, le strade deserte, se davvero Bruno ha un'altra donna sarà andato da lei per dimenticare il suo bar moribondo, la moglie affranta, la figlioletta melanconica, l'intera sua esistenza.

Gloria mi saluta, non c'è ruggine nella sua voce. Avverto subito l'arrivo del senso di colpa, ma non abbastanza da mettere la giacca e seguirla in strada.

Floriana sta facendo ginnastica in camera da letto, la raggiungo e mi concedo un po' di voyeurismo. Si muove ritmicamente sul piccolo Bukhara, i capelli raccolti in una coda volubile, il sudore che le imperla la fronte e il seno.

Inspiegabile che abbia scelto me, mi dico, poi allontano questo pensiero ragionevole ma inopportuno. Mi avvicino con cattive intenzioni e lei mi bacia fugace, si divincola dal mio abbraccio e si chiude in bagno. Respinto, lo scimmione che è in me torna a nascondersi dentro la creatura dai muscoli molli e dai modi civili che lo contiene ogni giorno.

Dopo la doccia, Floriana va a preparare una delle sue torte insipide che io lodo sempre in maniera esagerata. Mentre il rumore della sua planetaria riempie la casa e mi solletica l'autocompiacimento dell'uomo che si sente accudito da una donna, Gloria torna per fare rapporto.

Ha trovato Bruno, a dispetto della mia granitica incredulità. Era seduto sul marciapiede davanti alla serranda del suo bar, non era ubriaco come avevo previsto. Teneva la testa tra le mani, immobile, in silenzio. Se n'è rimasto lí per ore, in un'inerzia senza senso, facendo preoccupare a morte le persone che gli vogliono bene.

Ci comportiamo tutti da cretini prima o poi, ognuno in un momento diverso della propria storia: chi nella gioia, chi in un periodo difficile, qualcuno sempre.

– Dov'è adesso? – le chiedo.

– L'ho riportato dalla moglie.

Convinti di fare la cosa giusta, a volte commettiamo errori clamorosi.

Arriva Floriana e con lei una ventata di profumo, un po' ascrivibile alla torta un po' ai ferormoni.

– Buonasera cara, gradisci una fetta di dolce?

Per fortuna Gloria non la gradisce, e con una cordialità che sembra appena tirata fuori da una cella frigorifera saluta e si dilegua.

Rimasti soli, io e Floriana mangiamo la torta, che sa di lunedí mattina.

Il mio bagno immaginato da Andy Warhol.

Ero curioso di vedere il progetto di Amedeo sviluppato su carta millimetrata e ora mi trovo davanti a una sfolgorante creazione pop, un intreccio fantasmagorico di mattonelle e decori colorati. Il resto del mio appartamento sarebbe indegno di condividere la stessa planimetria con una toilette del genere, in tutta sincerità.

– Bravo... veramente bravo! – esclamo con autentica ammirazione.

– Ho piacere che lei apprezzi il mio lavoro, – replica placido Amedeo.

– Posso prendere il progetto?

– Senz'altro, – risponde lui, e c'era da aspettarselo.

Raccolgo i fogli con estrema cura, anche se il mio viaggio verso casa consiste in un pianerottolo. Starei per uscire, quando Amedeo inizia a raccontarmi di un grande architetto scandinavo, del suo rapporto con il legno e della sua sensibilità luministica. Mi parla guardando fuori dalla finestra, un flusso ininterrotto, la malattia sembra evaporata come il vino bianco quando si sfuma l'arrosto.

Lo ascolto senza interromperlo, per paura di spezzare l'incantesimo. La passione per l'organizzazione armoniosa dello spazio, per la costruzione e per la bellezza ha lasciato in lui un'impronta talmente profonda da non poter essere cancellata neppure da una deflagrazione neurologica.

Finita la *lectio magistralis*, Amedeo si spegne e va a sedersi in un angolo.

– Grazie architetto, – gli dico, – si ricordi la parmigiana.

– Senz'altro.

Lancio un'ultima occhiata alla vaschetta di alluminio posata sul tavolo del soggiorno. Troppo poco formaggio, per i miei gusti. Non so in quanti abbiano saldato la fattura di un professionista con delle melanzane fritte e poi gratinate in forno, io l'ho fatto. Mi tiro dietro la porta e cerco di non pensare piú al mio vicino.

Pochi possono permettersi di partecipare a una riunione online senza rinunciare alla propria dignità. Volti pallidi e occhiaie ancestrali, chiome diradate e abbigliamenti frutto del rilassamento casalingo, squarci improvvisi d'intimità domestiche che dovrebbero essere precluse agli estranei.

Dopo aver intravisto il divano pieno di orsacchiotti rosa nell'appartamento di un caporedattore, ho deciso di eliminare il video dai miei collegamenti di lavoro.

Floriana invece non ha pudori nel manifestarsi sugli schermi degli altri, un'apparizione laica che raccoglie intorno a sé un discreto numero di devoti.

Io fingo di passare casualmente, quando lei è in videochiamata, per sbirciare chi sono i suoi interlocutori. Mento a me stesso raccontandomi che si tratta di semplice curiosità.

I primi giorni non conoscevo nessuno che avesse preso la malattia. I racconti che sentivo erano cronache da terre lontane, cose vere in un altro mondo che confinava con il mio ma non gli si sovrapponeva mai.

Poi è toccato a un addetto alle pulizie nella redazione del giornale, un filippino di una decina d'anni piú vecchio di me, un tipo sorridente, che ti salutava agitando la mano pure se ti vedeva a cento metri di distanza.

Quando ho saputo che l'avevano ricoverato gli ho scritto un messaggio per sapere come stava. Mi ha risposto «grazie mille» e ha messo anche un punto esclamativo alla fine della frase. Non tutti hanno la forza di utilizzare un punto esclamativo da una corsia d'ospedale.

Ho saputo poco dopo che era morto, sembra avesse una malattia del sangue che non gli ha permesso di farla franca. I colleghi hanno sottolineato parecchio i problemi ematici di quel poveretto, lasciando intendere che di questo virus si muore solo se ci sono delle complicazioni dovute ad altro.

«Patologie pregresse» le chiamano, come a dire che eri già morto prima ma non te n'eri ancora reso conto.

Mi capita spesso di pensare a quell'uomo, che era gentile senza bisogno d'un motivo.

Mia madre intanto ha superato se stessa.

Dopo alcuni giorni di quiete apparente, ha tentato il colpo del fuoriclasse. Le ho telefonato alla solita ora e m'ha sorpreso che il suo tono non fosse condito con l'aceto come al solito. Parlava con serenità, lenta, piena di una calma degna di ammirazione.

Poi, d'un tratto, il genio.

– Come stai, mamma?

– Bene. Adesso bene, con una grande pace interiore.

Questo incipit ascetico avrebbe dovuto mettermi in guardia, dissuadermi dal prestare il fianco ai suoi stratagemmi e spingermi a cambiare discorso. Ma la curiosità è sempre stata uno dei miei tanti punti deboli.

– Sono felice di sentirlo. La tua serenità è la cosa piú importante.

Ora stava a lei muovere.

– Dopo le tante amarezze di questi anni, penso di dover cercare un poco di riposo per la mia anima.

Tra le «tante amarezze di questi anni», credo che abbia incluso anche il mio svezzamento.

– Certo... hai a tua disposizione tutti gli ingredienti per startene tranquilla... una buona pensione, una casa confortevole... Irene che si prende cura di te...

– No, non intendevo questo, caro... a fine mese vorrei ritirarmi nel convento delle Figlie di Mater Immacolata, vicino a Spoleto... mi piacerebbe passare gli anni che mi restano facendo la suora laica, lavorando e pregando, senza piú rapporti con il mondo esterno... la solitudine mi pesa troppo, figliolo...

Trasformare una telefonata di routine in un romanzo d'appendice, anche questo sa fare la mamma. E da parte mia sarebbe stato ingeneroso rovinarle una scena che, non a caso, viene definita «madre».

– Capisco. È una decisione grave, che io rispetto. Forse però dovresti rifletterci sopra ancora un po'...

– Grazie del tuo consiglio. Ora scusami, ma ho bisogno di distendermi sul letto.

L'ho salutata e ho pensato che, in fin dei conti, devo essere riconoscente a questa donna. L'oncia di creatività con cui mi guadagno da vivere l'ho ereditata da lei. Magari la settimana prossima mi racconterà di voler diventare la maîtresse di un bordello a Sumatra.

Lavoro al pezzo per domani: una grande azienda d'informatica sta creando un nuovo software per simulare una conversazione con una persona defunta. Loro prendono ogni dato disponibile sul soggetto in questione, messaggi vocali, foto, lettere, insomma tutto ciò che possa contribuire a ricreare fedelmente la sua personalità.

Dopodiché puoi accendere il computer e metterti a chiacchierare con tuo nonno, che è trapassato dieci anni fa.

Sostituiamo il ricordo di una persona cara con la sua rappresentazione digitale, un pappagallo elettronico che ripete frasi precombinate. Una specie di masturbazione emotiva, insomma. Solitudine e cattivo gusto, ecco il cocktail.

Rileggo l'articolo, è truce, ombroso, pessimistico. L'ideale per intrattenere il lettore con la leggerezza che tutti si aspettano da me.

Ma io non sono leggero, sono anni che cerco d'imbrogliare il mondo perché non si accorga che sono un'incudine, un blocco di marmo, l'ancora di un transatlantico.

Floriana deve uscire di nuovo, sempre con Stefano. Ancora una volta insceno la farsa dolorosa dell'uomo moderno e rimango seduto davanti alla televisione, le gambe accavallate, a seguire il telegiornale.

Perché sopporto una cosa del genere? Quanto devo essere vile e irresoluto per tollerare una situazione intollerabile? Qual è il motivo che mi spinge a guardare un servizio sul premier inglese invece di piazzarmi davanti alla porta e pretendere una spiegazione?

Guardo sfilare la triste processione dei miei punti interrogativi e mi torna in mente il punto esclamativo pieno di coraggio di quel filippino gentile.

Floriana esce, e la mia finta indifferenza amplifica in maniera grottesca l'allegria con cui mi saluta.

Se avesse il virus, sarebbe costretta a rimanere in casa e di lei mi occuperei soltanto io.

20.

Ci mancavano le varianti.

I virus cambiano per sopravvivere, tutto sommato come noi esseri umani.

Anche un microrganismo seicento volte piú piccolo del diametro di un capello riesce a cambiare, adattandosi alla realtà che lo circonda. Io invece no. È una constatazione che non mi conforta.

La signora Cantarutti ci ha invitati a cena, credo che voglia ufficializzare il suo curioso legame con Amedeo, formalizzare il fidanzamento.

– Come stai, vecchio mio? – chiedo all'architetto, che annuisce soddisfatto. Dopo la scomparsa della figlia, la Cantarutti s'è occupata di lui in tutto e per tutto. Amedeo non conserva piú alcun ricordo della persona che lo accudiva in precedenza, non rammenta affatto la bambina e poi la ragazza e in seguito la donna che ha contribuito a mettere al mondo. Mi fa pensare a una buffa divinità pagana cui non interessa molto chi sia la vestale che ha il compito di tenere acceso il suo braciere.

– Ti avevo detto di cambiare la camicia prima di venire a tavola, – gli dice la nuova sacerdotessa, e le sue parole hanno un'anima d'acciaio, come certi bastoni da passeggio. Amedeo si dà un colpetto con la mano sulla fronte, poi augura buon appetito e comincia a mangiare.

Un paio di volte, durante la cena, Floriana mi stringe la mano nella sua. La signora Cantarutti è una conversatrice brillante, non ha nemmeno bisogno d'interlocutori. A volte si pone delle domande e si risponde da sola con grande perizia. I mobili della sua casa sono vecchi ma molto puliti e lucidi, come il pavimento, gli infissi e tutto il resto.

Non è capitato male, in fin dei conti, il mio Amedeo. La sua testa annacquata lo aiuterà a vivere la relazione sentimentale perfetta. Sono contento per lui, davvero.

Mangiamo un polpettone squisito, seguito da una crostata alle more ineccepibile. Poi ci spostiamo sul divano, come si faceva un tempo alla fine del pasto per prendere il caffè.

Alle dieci e trenta è tutto finito, ringraziamo per la bella serata e ci congediamo. Amedeo ci accompagna alla porta, ci ringrazia e, prima di chiudere, fa un baciamano a Floriana.

– Bella coppia, no? – mi dice lei mentre cerco le chiavi in tasca.

– Ideale. L'unica possibile. Soltanto Amedeo è in grado di tollerare quella donna e solo lei potrebbe volere accanto un uomo in quelle condizioni.

Floriana è disorientata dalle mie parole, resta ferma sulla soglia per qualche secondo.

– Perché dici una cosa cosí crudele?

– Non c'è niente di crudele in quello che ho detto. Lei è sola, lui ha bisogno di assistenza. È un accordo che conviene a entrambi.

Accendo la televisione nella speranza meschina di scacciare la polemica che s'è infilata in casa dietro di noi. Bastasse cosí poco a evitare un conflitto, l'umanità vivrebbe in pace seduta davanti a una serie tv.

– Forse non è solo questo. Magari si amano.

Dalle ragione, Vittorio. Dalle ragione e finiamola qua.

– Lei è astiosa e malfidata. Per quanto riguarda lui, non so neanche se la mattina, quando apre gli occhi, la riconosce. Se vuoi però ti dico che si tratta di una grande storia di sentimenti.

Quando fai uso di sostanze psicotrope, non è una lucida visione della realtà che vai cercando. Lo stesso discorso vale per l'amore, e io sono stato un pessimo pusher per Floriana.

– Quindi anche il nostro è un accordo che conviene a entrambi.

Non mi aspettavo che tirasse in ballo il nostro rapporto. Attribuisce al mio commento un giudizio assoluto sui legami affettivi, una valutazione da estendere a tutte le relazioni.

Le spiego che se il nostro fosse un accordo, converrebbe solo a me.

Mi illudo che il pathos della mia risposta abbia l'effetto di una coperta di lana sulla fiamma, Floriana però è irritata, il mio discorso di prima deve aver risvegliato in lei il fastidio di una ferita rimarginata male.

E se stesse con me solo per ripiego?

Se amasse un altro, uno che io non conosco, uno con cui è ancora in contatto e che magari vede di tanto in tanto?

Uno come Stefano?

Devo uscire di casa. Infilo il giubbotto e ascendo all'ultimo piano del palazzo. Sul pianerottolo la luce è fioca, all'interno della plafoniera la lampadina sta morendo. Una vita che si spegne, è il caso di dirlo.

Suono alla porta e mi apre una donna sulla quarantina, la precedono due tette enormi sotto il maglione.

– Mi serve Jack.

– Per quanto tempo?

– Un'ora. Al massimo un'ora.

– Dieci euro.

Le do la banconota e lei sparisce dalla mia vista. Ritorna portando il pointer a noleggio.

– Non trascinarlo col guinzaglio e non dargli niente da mangiare.

Mentre scendo le scale, Jack si volta solo un attimo a guardare la padrona. Ormai deve aver capito qual è il suo destino.

Abbandono il palazzo con l'animo dell'astronauta che lascia la base spaziale orbitante. Il vuoto cosmico mi sta dicendo: «Tornatene dentro, che vieni a fare qui?»

Jack si adegua subito al mio passo, non vuole creare problemi e non vuole averne. Facciamoci questa sgambata e poi ognuno a casa propria.

Dopo un minuto mi rendo conto che non desidero affatto passeggiare, anzi, uscire è servito solo a farmi apprezzare lo splendore del rientro.

Mi sforzo di arrivare almeno fino all'angolo, una pattuglia dei carabinieri mi viene incontro lungo la strada ma prosegue, dopo aver valutato il mio alibi da riporto.

Il malessere adesso è concreto, tangibile come lo stendino che una donna minuscola ha appena abbandonato sul marciapiede opposto.

– Niente di personale, Jack, – dico al mio accompagnatore, e intanto faccio dietrofront. Lui mi segue tranquillo, di gente strana deve averne vista parecchia, in queste ultime settimane.

– Rivuoi i soldi indietro? – mi domanda la padrona del cane.

– No, è stato bravissimo. Avevo freddo.

Giro piano la chiave nella serratura e m'introduco furtivo nel mio appartamento. Non sento alcun suono, Floriana dev'essere uscita, lei è talmente vitale che anche il suo silenzio produce rumore.

Mi accascio sul divano, un naufrago aggrappato alla sua zattera.

21.

Esiste un ristorante canadese che con grande coraggio ha inventato il «menu sincero». È il primo al mondo a lanciare un'operazione trasparenza cosí audace. Il proprietario del locale, accanto ai nomi delle pietanze scritti sulla lista, ha segnato le sue valutazioni personali, a volte anche sfavorevoli: «Spezzatino discreto, ma si potrebbe far meglio», «Involtini che mi lasciano perplesso, è questione di gusti», «Queste melanzane sono il mio piatto preferito, ne mangerei a quintali».

Sarà pronto il mondo ad accettare tanta onestà? Concludo il pezzo con questa domanda che, con ogni probabilità, non avrà risposta.

Ho saputo che un giornalista della redazione spettacoli ha il virus. Si chiama Carlo e non è nemmeno un tipo antipatico, che per un collega di lavoro è già una dote importante.

Dato che non voglio altri punti esclamativi sui quali costruire riflessioni angosciose, non gli scrivo ma decido di telefonargli.

Mi risponde una voce da lupo mannaro.

– Come stai?

Il suo silenzio è pieno di ansimi.

– Eh... adesso meglio.

Chissà come parlava quando stava peggio.

– È brutta, è brutta... – Da quello che sento, non faccio fatica a crederlo.

– A quanto ne so la ripresa è un po' lunga... ci vuole pazienza, si migliora a piccoli passi, – tento d'incoraggiarlo, concedendo alla sua convalescenza le attenuanti generiche.

Mi informa che al giornale hanno pensato di fare un servizio su di lui nelle pagine di cronaca italiana, con una bella intervista. Hanno un contagiato in organico, sarebbe un peccato non capitalizzare la fortunata circostanza.

Carlo si frantuma in una serie di colpi di tosse esplosivi, gli dico che non voglio stancarlo e lo saluto, la conversazione sta diventando faticosa da tutti i punti di vista.

Ricevo una telefonata da Franco Brugnera, il Direttore Editoriale della mia casa editrice. Dev'esserci un motivo insolito, che non riesco a immaginare: quelli come lui non chiamano certo per sapere come stai.

– Sarebbe ora di ricomporre, non credi?

Brugnera è partito in quarta, la sua domanda mi ha preso in contropiede e io rimango zitto, annichilito, incapace di reagire. Sta parlando ovviamente di Umberto e della sua lite unilaterale con il sottoscritto. Nella vita non fai in tempo a pensare «Dove andremo a finire?» che ci sei già finito.

– È davvero un peccato questo contrasto senza motivo, incomprensibile... la casa editrice sente il dovere d'intervenire per aiutarvi a ricomporre.

Il cielo è striato d'arancione, mi sembra che tutto quello che accade fuori da questa stanza sia più degno d'interesse e più piacevole di quello che accade dentro. Non amerò i prossimi due minuti.

– Non so cosa ci sia da ricomporre, Franco... io e Umberto non abbiamo litigato, è tutta una sua costruzione mentale. E abusiva, per di più. Non ho idea del perché lui continui a tirare per le lunghe questa storia.

– Qui non si tratta di cercare torti o ragioni... non mi permetterei mai di dire che un comportamento è giusto e un altro sbagliato... per noi siete due autori importanti, vogliamo che siate sereni e nelle migliori condizioni per scrivere.

– Io veramente sono molto sereno.

– Ma Umberto no. Lui è un patrimonio della casa editrice. Come te, del resto... magari basta una breve chiacchierata per superare un momento difficile. Volevo proporti una videochiamata.

Che si aspetta da me Umberto? Per quale motivo continua a volermi assegnare un ruolo in questa commedia? Gli basta annunciare che sta lavorando a un nuovo romanzo perché comincino a trarne una serie televisiva, vince premi, tiene conferenze... cosa vuole da me?

– Gli ho già detto che non ho niente contro di lui. Me lo sono ritrovato acquattato sotto casa, giorni fa. Non credo sia una buona idea parlarci ancora, almeno per il momento.

– Te lo chiedo come favore personale. Vedrai che servirà pure a te.

Con la storia del «favore personale» mi ha messo spalle al muro. Accetto con l'entusiasmo di un candidato alla rettoscopia.

Sarà Brugnera a chiamare entrambi, e assisterà all'incontro come testimone di un duello grottesco. L'appuntamento è tra mezz'ora.

Trascorro l'attesa mangiando noci e mandorle che ho trovato in una vaschetta di plastica in dispensa.

Lascio squillare il telefono cinque volte, prima di rispondere.

Appare sullo schermo il viso di Brugnera, mi saluta come se non ci fossimo sentiti poco fa, s'informa sul mio stato di salute.

Il cielo fuori è diventato scuro e non posso dargli torto.

– Aspetta, vediamo se c'è anche Umberto, – mi dice, come se potesse non esserci. Il noto scrittore si manifesta, la barba curata, i capelli imbizzarriti su una tempia, gli occhiali rossi che cavalcano il naso imperiosi.

– Sono contento che tu abbia voluto questo chiarimento, – esordisce.

Voluto? Starei per ribattere, ma adesso non sono piú il solito Vittorio, sono un suo amico pieno di autocontrollo che gli suggerisce nell'orecchio le risposte giuste.

– Non ho niente contro di te, Umberto. Te lo garantisco. C'è stato di certo un fraintendimento, un errore nella traduzione, diciamo. Qualcosa che io ho fatto o il modo in cui tu l'hai interpretato, la magagna dev'essere in una di queste due variabili.

– Probabilmente è andata cosí, – interviene Brugnera, – ma ormai non importa piú. Non potete fare altro che comprendervi e perdonarvi... siete due artisti.

Due artisti una fava. Tra cento anni nessuno leggerà piú i libretti di questo coglione né si ricorderà di me, che ho passato la vita a scrivere spiritosaggini su un quotidiano becero. Brugnera, però, ha voluto dire una frase a effetto e io ne apprezzo il coraggio, perché sono pochissimi quelli che riescono a farlo senza perdere il senso della realtà.

– Mi piacerebbe che fosse cosí semplice... mi piacerebbe tanto, – sibila Umberto.

Dio mio, si tratta di un'imboscata! Ora è lampante, il noto scrittore non ha nessuna intenzione di accettare il mio patteggiamento, guarda al pareggio come a un risultato disonorevole. Talento e follia hanno trovato spazio nella testa di tanti scrittori, nel corso dei secoli. In quella di Umberto la follia si dev'essere messa comoda, dato che non deve condividere l'appartamento con nessuno.

Restiamo in silenzio, io perché non ho piú niente da aggiungere, Brugnera perché ha intuito che qualcosa sta per rovinargli la cena.

– Sei tu che ti sei comportato in maniera sciocca, Vittorio... mi hai trascurato, non considerato, hai voluto *non* conoscermi. Questo è offensivo, lo capisci?

Il mio amico saggio, quello pieno di autocontrollo e di buon senso, se n'è andato, aveva un impegno di cui s'era dimenticato. Rimango in balia di me stesso.

– Io non credo affatto che Vittorio avesse intenzione di offenderti, Umberto... propendo senza dubbio per il fraintendimento... – s'intromette il nostro amato Direttore Editoriale.

Lui propende e questo gli fa onore, ma se pensa che un verbo del genere possa far effetto su uno come Umberto, sbaglia di grosso.

– Io credo invece che l'intenzione ce l'avesse, – puntualizza il noto scrittore.

– Signori, vi chiedo scusa ma adesso avrei da lavorare, – dico. Brugnera vorrebbe argomentare ancora, fare un ultimo tentativo ma Umberto lo scavalca, gli tronca la parola in bocca e si rivolge direttamente a me, senza intermediari.

– Cosí non pensi che dovresti chiedermi scusa?

– Per chiederti scusa, dovrei avere dei motivi per cui scusarmi. In tutta sincerità, non riesco a trovarne nemmeno uno.

– Prova a sforzarti un po', dài... vedrai che qualcosa salta fuori –. Umberto ha un sorriso tenace e inalterabile, alle sue spalle vedo passare una donna in accappatoio.

– Beh, se ci tieni cosí tanto ti vengo incontro, mi sforzo. Posso insultarti e poi scusarmi...

– Vittorio, ti prego... – Brugnera capisce subito che la valanga sta per staccarsi dalla montagna.

– Allora facciamo cosí: caro Umberto, sei uno stronzo... sei un buco nel muro che non è stato ancora stuccato, sei il piú grande incoraggiamento mai dato all'umanità: se ce l'hai fatta tu, possono farcela tutti... ecco, mi pare che adesso sia tutto a posto, abbiamo rispettato le procedure.

Chiudo la telefonata: ho peggiorato le cose, come faccio spesso.

Resto seduto con il telefono in mano e il petto agitato dal fiatone, neanche avessi corso per mezz'ora. Mi sento molto stanco e vorrei andare a letto, ma sono le diciassette e trentacinque.

22.

Quando penso alla mia vita, a quello che mi è successo fino a questo punto, d'istinto non guardo alle fortune che ho avuto ma solo alle cose che non sono riuscito a realizzare.

Floriana dice che sono uno sfigato di successo e che prima o poi dovrò decidere quale di queste mie due inclinazioni assecondare.

Sta per uscire di nuovo.

I rituali profani della preparazione al mondo esterno si ripetono sempre uguali, tranne qualche piccola, insignificante differenza. Stavolta lega i capelli dietro la nuca e annoda al collo un foulard di seta che le ho regalato io. La guardo di sottecchi senza dire una parola, tutto è normale e procede regolarmente, lei sta andando a comprare il pane o a trovare sua madre o a cercare un paio di scarpe nuove o a incontrare un emissario dei servizi segreti rumeni.

Io le voglio bene e, accipicchia, adesso ho tanto lavoro da fare.

Appena mi saluta e varca la soglia di casa, mi coglie un malessere improvviso e inspiegabile, una folgorazione della coscienza che mi martella lo stomaco e le tempie.

Una dipendenza radicale s'è impossessata di me in queste ultime settimane, un bisogno caparbio che spesso si trasforma in urgenza: per semplificare e risparmiare tempo potremmo definirlo *amore*, anche se non sono convinto che la faccenda si possa liquidare cosí facilmente.

Il nostro incontro quella sera a teatro, le prime esitanti telefonate, il pranzo sul lago, il bacio nell'androne del suo palazzo, la prima volta che abbiamo dormito insieme, la graduale, paziente accettazione dei nostri difetti, i batti-becchi e le riconciliazioni, tutto questo è servito soltanto a ritrovarmi qui, ora, in un pomeriggio qualunque di pesti-lenza a chiedermi: «Dove cazzo è andata adesso?»

Dilapido un cospicuo numero di minuti, in attesa che lei rientri. Quando ho dissipato l'intero pomeriggio, tor-na. Nella dispensa ho belli e pronti tutti gli ingredienti per una piccola tragedia domestica, sono giorni che la impasto e ora è il momento di metterla in forno.

– Vuoi dirmi dove sei stata?

Pochi come me sanno porgere una domanda nel modo piú sbagliato. Floriana mi fissa perplessa, potrei ancora salvarmi, dato che lei non ha capito bene. Invece conti-nuo a scivolare.

– Pensi di poter fare quello che ti pare e piace?

– Beh… sí –. Come tutti, del resto.

Le dico che voglio sapere con chi è uscita e cosí ha ini-zio una rappresentazione molto modesta dell'*Otello*, una replica da inizio settimana per gli abbonati, con una Desde-mona che non ha alcuna intenzione di giustificarsi per un fazzoletto perduto e un Moro di Venezia dalla statura tra-gica lillipuziana.

Floriana ribadisce che lei esce con chi vuole, che non deve chiarire proprio niente: mi ha già convinto, mi tro-vo perfettamente d'accordo con lei, anzi, sono scandaliz-zato che ci siano uomini che la pensano ancora come me.

– Questo Stefano… – Lascio aperta la frase, non saprei come concluderla.

– È uno con cui lavoro, va bene?

– Ah, ci lavori?! Ma senti! – L'ho inchiodata: nessuno ha mai avuto colleghi di nome Stefano, lo sanno tutti. Flo-riana adesso ne ha abbastanza, mi gira le spalle e se ne va nella sua camera da letto, che poi è la mia camera da letto.

Mi sento stanco, disgustato, non esco ormai da setti-mane, sono ingrassato, abbrutito, instupidito da una condizione umana difficile. Ho bisogno di smontare, come un operaio a fine turno.

Vado a suonare alla porta di Gloria, ma lei mi sorprende alle spalle sul pianerottolo, nella mano destra ha una gabbia contenente un curioso animaletto. Mi fa entrare in casa e mi spiega che quello si chiama cane della prateria, anche se in realtà è un roditore, e appartiene a un suo amico, un ingegnere chimico. I cani (quelli veri) e i gatti cercano la nostra compagnia da millenni, ma nessuno riuscirà mai a convincermi che questa bestiola sia felice di aver abbandonato la sua prateria per andare a vivere con un ingegnere chimico. Gloria mi racconta tutto quello che c'è da sapere su questa sottospecie di marmotta, dimostrando che il suo attaccamento al lavoro è esemplare e che la mia attrazione nei suoi confronti è tale da farmi rimanere seduto, zitto e tranquillo, ad ascoltare che il cane della prateria ama soprattutto il fieno e può trasmettere il vaiolo delle scimmie.

Esco dall'appartamento della veterinaria ritemprato, sono convinto che Floriana avrà sbollito la rabbia e la cerco con un sorriso idiota stampato in faccia, che mi muore subito.

Floriana se n'è andata. I suoi indumenti sono scomparsi, lasciando una voragine enorme nel mio armadio, il cratere di un'esplosione sentimentale. Il suo cellulare è spento.

Mi scopro talmente disperato da uscire per andare a cercarla. Ma mentre sto già scendendo le scale, sento che qualcosa m'afferra per l'impermeabile e mi risucchia, mi tira indietro. Al piano terra, incrocio la Cantarutti che sta uscendo con Amedeo. Lei gli parla come si parla a un bambino che sta esagerando con i capricci.

– Mi capisci quando ti parlo, mi capisci?

L'architetto la guarda sorridente, comprensivo, accomodante, poco lucido. Si avvicina, fa per abbracciarla ma lei si scosta.

– Tu mi devi ascoltare, altrimenti non andiamo piú d'accordo! Se ti dico di fare una cosa, la devi fare! Non mi sembra di chiederti troppo!

Certo che gli chiede troppo, e m'indigna che questa signora con gli orecchini di corallo e le labbra troppo rosse non se ne renda conto.

– Ti devi concentrare, devi prestare attenzione quando ti parlo, sono stanca di predicare nel deserto...

Amedeo è assente, il suo sorriso ha dichiarato l'indipendenza dal resto del volto e campeggia impassibile come se tutto filasse liscio.

– Vieni con me, Amedeo.

Lo prendo sottobraccio e lo porto via.

Il botox ha compiuto quarant'anni ma ne dimostra venticinque, naturalmente. Sono quattro decenni che gli esseri umani fanno ricorso alle punture di questo farmaco, responsabile della maggior parte degli individui tumefatti che girano per le nostre città. Si basa sul principio attivo della tossina botulinica, la piú nociva che esista in natura. I suoi effetti sono figli di un paradosso e generano un nuovo enigma della Sfinge: se la incontri in un vasetto di carciofini ti uccide, se te la siringhi negli zigomi te li conserva.

Per ora, stando a quello che so, esiste un solo sistema sicuro per non invecchiare ulteriormente, e di gente che lo utilizza sono pieni i cimiteri.

Mentre scrivo, Amedeo guarda la piccola orchidea infelice che tengo sul davanzale interno di una finestra del soggiorno. Nonostante tutti gli sforzi, non riesce a far nascere un fiore da almeno due anni. A volte sembra quasi che stia per farcela, ma si tratta sempre di una gravidanza isterica.

Ho strappato l'architetto agli strapazzamenti della Cantarutti non per nobiltà d'animo, come cerco di convincermi, ma per una vendetta trasversale verso il genere femminile. L'ho fatto contro Floriana.

Lei non s'è piú fatta viva e io non l'ho cercata, vediamo chi la spunta. Il suo atteggiamento m'indispone, credo che le donne dovrebbero avere un ampio margine di tolleranza verso gli uomini e le fesserie che fanno. Se diventano intransigenti, la riproduzione e quindi la sopravvivenza della specie, è a rischio.

Sono certo che Floriana capirà di aver frainteso, di aver esagerato, di essere stata insensibile. «Amami è sinonimo di perdonami», ha scritto qualcuno. In realtà l'ho scritto io a diciassette anni, ma me ne vergogno e cerco di attribuire l'aforisma a un altro.

Amedeo mi ha chiesto un paio di volte di «quella signora» e io l'ho rassicurato, gli ho detto di non preoccuparsi perché tutto si accomoderà, basterà solo risolvere qualche piccolo problema. Poi gli ho dato una fetta generosa di cheesecake e lui s'è seduto a mangiarla in cucina, rinfrancato. Poco dopo la Cantarutti è venuta a reclamarlo a brutto muso, che poi non è molto diverso dal muso che mostra abitualmente al mondo. Le ho risposto che Amedeo è mio amico, che è una persona anziana e fragile e io non voglio che sia maltrattato da nessuno. Lei ha sgranato gli occhi e spalancato le fauci, ma non ha piú parlato. Mi ha restituito il bancomat dell'architetto nella sua copertura di plastica trasparente, all'interno della quale c'è un foglietto con il codice segreto. Poi se n'è andata con le lacrime agli occhi.

Forse Floriana si sarà rifugiata da Stefano, e la mia patetica scenata avrà dato il colpo di grazia alla sua già traballante volontà di rimanere con me. Non sarebbe fuggita con tanta risolutezza se non avesse avuto qualcuno che l'aspettava, un'alternativa al sottoscritto.

Continuo a fare pensieri meschini, è piú forte di me.

In questo clima di plumbea euforia, mi arriva la telefonata di Irene. Mi allarmo, che poi è l'obiettivo che la mamma vuole raggiungere facendomi chiamare dalla sua badante.

– Cosa c'è, Irene?

– Niente, signor Vittorio… sua madre vuole salutarla e informarsi del suo stato di salute.

– Sto bene… ma perché non c'è lei alla cornetta?

– La signora si sente stanca, molto stanca… da due giorni non si alza dal letto, è *incappetenta*…

– Inappetente.

– Sí, quello… non vuole mangiare, è debole. Questo mi ha detto di dirle.

Con quest'ultima frase Irene tenta un timido scarico di responsabilità.

– Chiamate il medico, – la faccio facile io.

– No, la signora non vuole, dice che tanto è inutile… e poi dice che se lei sta bene, non ha bisogno d'altro.

– D'accordo, salutala da parte mia. Dille che la chiamerò domani e, se non dovessi essere in grado di farlo, incaricherò il mio gommista.

È bene essere indulgenti con le signore di una certa età, ma anche con i loro figlioli provati dalle circostanze. La lontananza dal suo unigenito tiene viva mia madre, la costringe a escogitare di continuo nuove trovate per attirare la sua attenzione. Meglio della cyclette, per mantenersi in forma.

E poi devo esserle grato, i suoi fuochi artificiali mi hanno distratto, hanno permesso al mio cervello di non proiettare per qualche minuto l'immagine di Floriana.

Mi siedo vicino ad Amedeo a guardare la tv, ho scovato un canale che trasmette senza interruzione vecchi sceneggiati che sembrano avere su di lui un effetto benefico, corroborante.

Dopo mezz'ora che seguiamo le gesta di Michele Strogoff, mi accorgo che il mio ospite s'è addormentato. Ammiro la sua testa riversa sul cuscino del divano, le grinze sulla pelle chiara, la chioma candida: potrebbe essere un reperto marmoreo ritrovato durante uno scavo.

Mentre lo guardo mi viene in mente un'espressione sentita tante volte: «passare dal sonno alla morte», una fine che tutti considerano invidiabile. Sarebbe piú bello il contrario, però. Il morto che all'improvviso si mette a russare.

Voglio un cane? No.

Gloria ha trovato un cucciolo abbandonato e me l'ha proposto, secondo lei potrei trarre grande giovamento dal rapporto con una bestiola del genere.

Lo prendo, lo faccio vaccinare e sverminare, lo curo, gli do da mangiare, lo porto a fare i suoi bisogni… e sarei io a trarne grande giovamento? E poi ho troppo rispetto dei cani per costringerne uno a vivere con me.

Gloria è divertita dal mio punto di vista, pure se non lo condivide. Troverà qualcun altro cui affidare il cagnolino, in realtà credo che non volesse darmelo davvero ma solo studiare la mia reazione. Le dico che sono una brutta persona, mi risponde che non è vero, che non lo pensa affatto.

– La tua è una stima indiziaria, senza riscontri concreti.

– Al contrario… ti ho visto fare molte cose belle da quando ti conosco.

Meglio non approfondire la questione, potrei scoprire di essere una brava persona a mia insaputa.

È trascorso già qualche giorno da quando Floriana mi ha abbandonato, lo sgomento iniziale e le successive elucubrazioni hanno ceduto il posto a una malinconia apatica.

Mi sono trasformato in un tasso asserragliato nella sua tana, forse il virus è il pretesto che cercavo per sospendere ogni forma di vita sociale. Non vedo piú nessuno al di fuori degli inquilini di questo maledetto palazzo, non vado piú al giornale, parlo con mia madre al telefono e poco altro. Floriana rappresenta l'unica prova tangibile che esisto, che non sono la creazione di un Edgar Allan Poe minore.

I dati sull'epidemia sono migliori di ieri, è già qualche giorno che i contagi diminuiscono. Se non fossi ipnotizzato dall'assenza di lei, ne sarei felice. Tutti hanno un gran desiderio di tornare a quella che viene definita «la normalità», di lasciarsi alle spalle questa brutta esperienza e fare il possibile per evitare che ci insegni qualcosa. Gli italiani sembrano militari schierati, in attesa che il comandante dia il rompete le righe.

Ho vissuto quarantadue anni e due mesi senza Floriana e trentasei giorni insieme a lei, non mi spiego come un lasso di tempo cosí minuscolo possa rendere incolore e priva di significato l'enorme parata di giorni che l'ha preceduto.

Gloria vuole trascinarmi in uno dei suoi tour condominiali. Le rispondo che di mestiere non faccio il parroco e lei mi guarda inclinando la testa da un lato, proprio come il cucciolo che voleva affibbiarmi.

Non posso fare niente per questa gente, auguro loro ogni fortuna e soprattutto che se la cavino da soli. Poi però penso che un po' di distrazione non mi farebbe male: cinema e teatri sono chiusi, le sciagure del nostro stabile potrebbero essere un buon diversivo.

La signora Bruzzoni ci fa il resoconto dei suoi guai, dice che dall'ospedale continuano a telefonarle ogni giorno per darle notizie. Gloria le spiega che la definizione «stazionario» che i medici usano riferendosi alla situazione clinica del marito non è negativa, significa che non c'è un peggioramento.

– Ma neanche un miglioramento, – rileva la Bruzzoni. Gloria le assicura che, in casi del genere, il fatto che non ci sia un peggioramento è di per sé un miglioramento.

– Ma sentirgli usare la parola «miglioramento» mi tranquillizzerebbe!

Potrebbero andare avanti cosí per ore.

Salutiamo la donna e ce ne andiamo, sono contento di lasciarmi alle spalle lo sgradevole odore del suo soggiorno, che sa un po' di chiuso e un po' di verdure bollite.

Barbara ci riceve in vestaglia, è trasandata e ha il trucco sfatto, somiglia a una sciamana che s'è dipinta il volto prima di una cerimonia. Parla a voce bassa, quasi inavvertibile. Bruno questa sera non c'è, Bruno non c'è mai. Ci ringrazia per l'aiuto «alimentare» che stiamo dando alla sua famiglia, la veterinaria puntualizza che il merito è tutto mio e io la guardo male, peggio che posso, non voglio coinvolgimenti emotivi di nessun genere.

Una voce infantile grida «Mamma» da un'altra stanza ed è un'autentica fortuna, perché ci permette di togliere il disturbo.

Mi sento esausto, essere buoni senza il necessario esercizio è massacrante, come correre per chilometri senza allenamento. Ma purtroppo non è ancora finita.

Gloria infatti propone di fare un salto anche dalla Cantarutti. Le spiego che io nei confronti di questa signora sono un Paese belligerante e che, di conseguenza, i rapporti diplomatici sono interrotti. Lei trova che questa sia una meravigliosa occasione per riavvicinarsi, io le rispondo che mai come in questo momento ho compreso e apprezzato il valore di quel distanziamento di cui tanto si parla. Alla fine la spunta lei.

La Cantarutti ci apre la porta senza mascherina, naturalmente. Non mi guarda neppure, come se tutta la sua persona, dalla ricrescita bianca dei capelli fino all'apparato endocrino, intendesse comunicarmi che mi schifa. Le ho portato via il giocattolo, non ne ha altri a disposizione e la cosa non le va giú. Gloria fa finta di niente e le ripete il mantra condominiale: – Se dovesse avere bisogno di qualcosa…

Ma il qualcosa di cui ha bisogno la vecchia spigolosa che ci sta davanti ce l'ho io, e lei lo sa bene.

– Se vogliamo anche andare a sentire come sta Jack dell'ultimo piano… – dico a Gloria dopo che la Cantarutti ha tirato su il ponte levatoio. Lei ride. L'accompagno al suo appartamento, e una volta lí davanti non mi chiede nemmeno di entrare a bere un bicchiere con lei: queste cose succedono solo nei film.

Ho sentito uno scienziato sostenere in tv che nel giro di qualche anno il virus dovrebbe diventare meno aggressivo. Conviene anche a lui che sopravviviamo, gli serviamo per garantire un futuro ai figli.

23.

La zia Flora era la sorella maggiore di mia madre. La pecora nera della famiglia.

Dopo un paio di fidanzamenti sbagliati, arrivata alla soglia dei trent'anni ebbe una relazione con un uomo sposato. Dopo di lui un altro, e poi un altro ancora, anche questi ammogliati. Non riuscendo a trovare l'uomo della sua vita, la zia Flora si accontentava di quello della vita di un'altra. Mia madre – benché la zia sia morta ormai da anni – ne parla tuttora con imbarazzo e molto malvolentieri. Ho un ricordo sbiadito della sorella di mamma, mi riemerge dalla memoria solo l'immagine di lei già anziana che mi sorride e mi tira dolcemente il lobo dell'orecchio destro il giorno di un mio compleanno. Da una settimana costeggio la depressione e mi lascio andare a ricordi immotivati.

Come se non bastasse, è venuto a trovarmi Pierluigi, che è senza dubbio un vero amico, premuroso e sempre presente, ma è anche l'uomo piú malinconico che si possa incontrare. Gli ho fatto notare che sulla base delle nuove disposizioni non si potrebbe andare a trovare gli amici, ma lui ha replicato che si sarebbe trattenuto pochissimo – come se questa fosse una risposta sensata. Abbiamo finito per parlare del momento che stiamo attraversando, delle terapie intensive stracolme e delle vittime. Pierluigi ha voluto sottopormi una sua riflessione.

– Ho pensato che noi viviamo per un certo numero di anni, che a noi magari possono sembrare tanti ma che, in assoluto, sono un periodo di tempo del tutto insignificante. Dopo la morte siamo ricordati dalle persone che ci hanno conosciuto, ma poi anche queste muoiono e il nostro ricordo scompare. È come se non fossimo mai esistiti.

Proprio quello che mi ci voleva.

Dopo che se n'è andato, ho cercato di distrarmi scrivendo un pezzo divertente, anche in maniera forzata, se necessario.

Ho trovato subito la notizia che mi serviva su una rivista di scienze e attualità.

Alicudi è una piccola isola delle Eolie abitata in inverno da poche centinaia di persone. Gli arcudari hanno sempre raccontato ai turisti storie di donne volanti che lanciano malefici, di marinai capaci di tagliare in due le tempeste e di animali che si trasformano in altri animali piú piccoli o piú grandi.

Ai popoli del bacino del Mediterraneo non è mai mancata l'immaginazione, questo lo sappiamo bene. Finché però non s'è capita una cosa: a volte la creatività può essere inconsapevolmente stimolata da qualcosa che non t'aspetti.

Agli inizi del Novecento gli abitanti di Alicudi erano soliti preparare del buon pane di segale, che sull'isola cresceva rigogliosa. Ma con una particolarità. La segale di Alicudi era infestata da un fungo parassita che le conferiva effetti allucinogeni.

Le visioni che gli isolani descrivevano come reali ai forestieri erano allucinazioni collettive.

C'era piú Lsd ad Alicudi nei primi anni del secolo scorso che a Woodstock durante il festival del 1969. In confronto, l'isola di Wight era una colonia estiva per scolari delle elementari.

Questa storia, ahimè, delegittima la frase «Non drogarti, vatti a guadagnare il pane!» che un genitore angustiato potrebbe rivolgere al figlio scavezzacollo.

Finisco di scrivere e mi accorgo che Amedeo guarda

136

attraverso la finestra. Forse vorrebbe uscire a fare due passi per il quartiere, la Cantarutti lo portava fuori spesso, un giretto di venti minuti e poi di nuovo a casa. Mi rendo conto che ne parlo come fosse Jack il pointer.

Non mi va di uscire, l'asticella dell'ansia si alza ogni giorno di piú. Sarebbe Amedeo a dover portare fuori me e badare che non faccia stupidaggini, non il contrario.

Da qualche giorno anche le mail in arrivo hanno un tono meno apocalittico, nessuno mi propone piú l'acquisto di pietre focaie, corde per esterni o sacchi a pelo d'emergenza. Non riesco a capire se questo silenzio significa che non c'è nulla di cui preoccuparsi o che ormai è troppo tardi per farlo.

Ho iniziato a vivere immerso nel nulla, un nulla arredato e confortevole, ben retribuito e con la spesa a domicilio, ma pur sempre un nulla.

Dicono che con la nuova malattia non si sentano piú i sapori, io non l'ho ancora presa ma tutto mi sembra ugualmente insipido: lavorare, parlare con un amico, corteggiare una donna, annaffiare l'orto dei miei vizi, abbandonarmi a piccole meschinità, regalare un chilo di riso alla moglie di un barista disperato. Tutto è privo di gusto, per quanto cerchi di assaporarlo.

E poi mi sento molto stanco.

Ho provato a parlarne con mia madre al telefono, con il mio medico, con Gloria. Tutti hanno minimizzato, mi hanno consigliato di prendere qualche pasticca, integratori o cose del genere. Le stanchezze degli altri non ci interessano, siamo troppo presi dalle nostre.

Gloria è stata contattata dal marmista al quale ha dato l'incarico di preparare la tomba della figlia di Amedeo.

Si chiamava Sofia, aveva un nome e una faccia che abbiamo conosciuto solo in questa circostanza. Della sepoltura e di ogni altra cosa si è occupata lei, ha fatto firmare un assegno ad Amedeo e prelevato in banca la cifra necessaria a pagare tutte le spese.

Mentre l'architetto scriveva con la lentezza di un bambino il suo nome sopra lo chèque, mi sono sentito osceno, sudicio, e ho invocato una pietà superiore che pure so non esistere. Amedeo non ha avuto alcuna reazione quando abbiamo scelto la foto della figlia per il loculo. Non era una persona che conosceva.

Quando però gli abbiamo mostrato una fotografia di Sofia da piccola in riva al mare, ha sorriso e ha detto: «È mia figlia».

Gloria lo ha abbracciato forte, lui non ha capito perché ma era contento lo stesso. Abbiamo discusso se fosse il caso di portarlo a vedere il lavoro finito, ma ci è sembrata subito un'idea sciocca e crudele. La strada in automobile, l'arrivo in quello strano giardino pieno di lapidi, il marmo rosa del Portogallo con le date scritte sopra, tutto questo non avrebbe avuto nessun significato per lui.

Gloria mi ha chiesto di accompagnarla, le ho risposto di no, non ero in grado di farlo. Ho ripreso a leggere un romanzo che avevo lasciato da tempo e sono andato avanti, benché non ricordassi affatto la prima metà. Poi mi sono coricato, ho chiuso gli occhi e non ho pensato a nulla.

Stavolta a chiamarmi è proprio mia madre. In persona.

Ha un tono colloquiale, disinvolto: forse non averle telefonato per due giorni ha sortito un qualche effetto, mi dico. Ma con lei è sempre bene tenere alta la guardia, non si sa mai.

A un certo punto, mentre in sottofondo Irene canta qualcosa d'incomprensibile nella sua lingua, la mamma mi racconta che segue da un anno un corso di scrittura online. Sta lavorando a un progetto ambizioso, una lettura critica dell'opera di Franz Kafka.

– Anche se aiutavo papà al supermercato, non dimentichiamoci che io ho un diploma alle magistrali.

Me l'ero dimenticato, la mamma ha ragione. Non so

cosa dire, mia madre riesce sempre a fare una piccola finta di corpo prima di calciare, sa benissimo come mandarti dall'altra parte rispetto a dove va il pallone.

– Beh... mi sembra interessante –. Sarei insieme curioso e terrorizzato di leggere un saggio del genere.

– Ho pensato d'intitolarlo *L'immenso Franco*.

Le rispondo che forse chiamare Franco una delle piú geniali figure della letteratura moderna può sembrare una confidenza eccessiva.

– Lo sento un amico, – mi confessa lei.

Continuo ad ascoltare le sue riflessioni sul realismo magico e sulla Praga d'inizio secolo, finché non viene al sodo.

– Avrei piacere che leggessi le bozze... vorrei un tuo parere, caro.

Accetto l'incarico con una leggerezza eccessiva – ecco un difetto che ho sempre avuto: potrò dire di averlo fatto anche se non è vero.

– Mi piacerebbe pure che scrivessi la prefazione...

Su questo non posso bluffare, purtroppo.

– Certo, volentieri... se non hai fretta, però... sto lavorando molto.

La mamma non ha fretta, e questo lo temevo. Mi saluta con affettuosa indifferenza, lasciandomi alle mie perplessità.

In alcuni momenti mi sembra che Floriana sia una creazione della mia fantasia.

Non abbiamo avuto piú nessun contatto, da quando ha abbandonato il mio appartamento. Una fuga bella e buona. Vivo come un sottaceto nel barattolo e comincio a non aspettarmi niente da quel poco che vedo attraverso il vetro.

Speravo che facesse un passo, che si riavvicinasse. Speravo, senza voler esagerare, che non potesse vivere senza di me, che le mancasse l'aria e cadesse a terra rantolando e contorcendosi, invocando il mio nome.

Ho paura invece che sia ben viva da qualche parte della città, lontano da qui.

Non riesco piú a uscire di casa, cosí evito di farlo in maniera civilissima ricorrendo a motivazioni piene di buon senso, l'epidemia prima di tutto. Mi alzo la mattina, passo una giornata sottovuoto spinto e torno a sdraiarmi sul letto, ma non sono capace di dormire.

Non mi occupo neanche piú di Amedeo. Gli faccio da mangiare, poi lo piazzo davanti al televisore e lo lascio lí. La sua vita è stata una bella commedia per cui l'autore non ha saputo trovare un finale convincente.

Il tipo del supermercato mi porta un altro cartone di spesa. Aspetta di aver chiuso il negozio e poi passa da me, anche per scambiare due chiacchiere da fine turno. Indossa ancora la divisa da lavoro, verde e bianca.

– Le ho aggiunto pure la feta, è arrivata oggi pomeriggio fresca fresca.

– Grazie, almeno diamo un po' di sapore all'insalata.

Gli tolgo lo scatolone dalle mani e lo depongo sul tavolo della cucina. Non avremmo piú nulla da dirci, ma lui rilancia:

– Mi scusi... ma lei è sposato, dottore?

– No.

Arriva Amedeo, che ha una passione sfrenata per mettere a posto la spesa. Sa dove collocare ogni cosa, agisce con la precisione del piú efficiente dei commessi. Quando finisce, torna a sistemarsi sul divano.

– E lei... è sposato?

– Sí, da due anni... ho trottato per un sacco di tempo, poi ho trovato quella giusta, – mi risponde con una certa soddisfazione.

– E come l'ha capito?

– Non l'ho capito. È stato un colpo di fortuna. In certe cose, mi creda, è solo fortuna...

Serve un colpo di fortuna per scampare al virus e uno per trovare la compagna dei tuoi giorni. Se non piaci agli dei puoi dannarti l'anima nei campi quanto ti pare, ma il raccolto sarà sempre un disastro. Amen.

24.

Alla fine me l'hanno offerto.

Dopo un paio di padelle antiaderenti seguite da solette intelligenti elimina-odore, avevo cominciato a rilassarmi, a interpretare questi messaggi commerciali come annunci di un ritorno alla normalità.

Ma stamattina, aprendo la posta elettronica, una randellata. Mi hanno proposto l'acquisto di un kit di sopravvivenza di terza generazione. E io che neanche sapevo esistessero le prime due. Dentro c'è tutto, compresi una penna tattica, un acciarino, un fischietto d'allarme, una coperta d'emergenza che trattiene fino al novanta per cento del calore corporeo, «tutte cose che ti aiuteranno in caso di lesioni gravi, in attesa che arrivino i soccorritori».

L'inquietudine è tornata a trovarmi, accompagnata per mano dalle «lesioni gravi». Il risultato? Quaranta euro ben spesi. Ho provato il desiderio di telefonare a Floriana, ma con grande sforzo mi sono trattenuto.

– Lei ha in casa un kit di sopravvivenza? – ho chiesto ad Amedeo che faceva colazione.

– Senz'altro.

Sono in un vicolo cieco, anche se m'è sempre sembrata un'espressione melodrammatica.

È cosí, ho paura di uscire di casa. Non voglio ingigantire il problema, ma credo che il terrore del mondo esterno potrebbe complicarmi parecchio la vita, nei mesi a venire. In questo appartamento e solo in questo appartamento mi sento al sicuro, fuori c'è un'umanità infetta e priva di regole che non m'ispira nessuna fiducia.

Mentre l'architetto piega con precisione maniacale il plaid con cui s'è coperto questa notte, io inizio a scrivere il pezzo per domani.

Le seppie sono dotate di un solido autocontrollo, chi se lo sarebbe mai aspettato. Lo hanno scoperto alcuni studiosi americani. Noi magari siamo convinti che gli scienziati se ne stiano per ore chiusi dentro i loro laboratori a fare ricerche serie sulle malattie rare, e poi scopriamo che passano il tempo cercando di far perdere la pazienza ai cefalopodi. Questo per poterci rivelare che le seppie evitano di ingozzarsi con le prime cose che gli capitano a tiro, se si rendono conto che aspettando riceveranno una ricompensa migliore. Sarà l'osso che hanno dentro a conferirgli carattere e rettitudine morale.

Brave seppie, sarebbe bello essere alla vostra altezza. Invece siamo una manica di minchioni che non sanno nemmeno spruzzare fuori una nuvola d'inchiostro, all'occorrenza.

Ho trovato un cosmetico di Floriana dentro un cassetto del bagno, è stato come se mi avessero infilato l'anima nella friggitrice. E dato che la tradizione vuole che in casi del genere ci si faccia tutto il male possibile, ho anche aperto il vasetto e annusato. Odore di lei, la sera, prima di venire a letto.

Sto andando alla deriva, spinto da un vento placido. Telefono a un paio di amici e mi sembrano entrambi molto piú vitali di me: uno è asintomatico, l'altro non può raggiungere la moglie e i figli in un'altra città e devo consolarlo.

Sono arrivato a metà mattinata, mi vesto con cura, metto anche un po' di profumo – cosa che non faccio dagli anni del liceo, quando sul mio mento c'era piú dopobarba che barba –, infilo in tasca le chiavi ma non riesco a scavalcare l'argine della porta. Staziono per un minuto nell'ingresso, poi decido di spogliarmi. Sono prigioniero di una piantina catastale.

Amedeo intanto cammina senza senso sul balcone, evitando di guardare quello che succede in strada.

Allora mi convinco. Lo riporto dentro e lo preparo, come una sarta teatrale fa con il primo attore alla vigilia di un debutto importante. Gli faccio indossare una bella camicia, la piú nuova che ha, deve avergliela comprata la figlia poco prima di andare a morire in ospedale. Poi lo pettino per bene, la chioma bianca e ondulata non aspettava altro. È bello il mio Amedeo, sembra una creatura i cui anni vanno conteggiati in maniera diversa da quella di tutti gli altri esseri umani. A questo punto lo prendo per mano e lo accompagno giú per le scale, davanti alla porta della signora Cantarutti. Suono e lei mi apre.

– Eccolo, lo affido a te. Te lo affido, capisci? Da te starà meglio, se continuo a tenerlo io muore. Muore di tristezza. Trattalo come merita, trattalo bene. Anche tu hai bisogno di lui, vero?

Gli occhi della Cantarutti scintillano e riacquistano colore, come la terra di un vaso annaffiato dopo tanti giorni.

– È vero.

– Bene, allora è tuo. Siamo d'accordo. Ma ricordati: come te l'ho dato, posso riprendermelo. Ti tengo d'occhio.

Volto le spalle e torno a rinchiudermi nei miei ottanta metri quadrati. Sto sempre peggio, ho l'impressione che mi manchi il respiro.

Mi viene in mente di chiamare il supermercato per avere un po' di compagnia, ma dovrei ordinare altre vettovaglie e ho già il frigo che esplode, anche dopo aver distribuito quasi tutta l'ultima consegna ai miei condomini.

Allora comincio a sentire la testa leggera, sprofondo in uno strano stato di euforia e afferro il telefono.

– Pronto, carissimo… voglio parlarti, ne avverto un bisogno bruciante.

Dall'altra parte il silenzio, poi un leggero affanno.

– Ti prego di non interrompermi, perché sento dentro di me un turbine di parole, come fossi nell'occhio di un ciclone emotivo incontrollabile.

Una breve pausa seguita da una specie di sibilo emesso dal mio interlocutore, un suono difficile da interpretare.

– Sono amareggiato, ho riflettuto a lungo sulle dinamiche del nostro rapporto, sui detti, sui non detti e soprattutto sul sottaciuto. Credo che il sottinteso sia il vero, grande problema dell'epoca moderna, se capisci quello che voglio dire. Potrebbe essere tutto e invece alla fine non è mai nulla.

Percepisco, attraverso le onde sonore, l'attenzione addensarsi come nebbia su una palude.

– Non c'è molto che io possa fare, a questo punto. Solo comunicarti tutto il mio malessere, che è profondo e ha radici lontane. Il rammarico che provo forse non gioverà a nessuno, ma sono convinto che far brillare la diga sia indispensabile e salvifico, almeno per me. Devo ritrovare un me stesso piú autentico e schietto, se non riesco a farlo adesso certo non lo farò piú e pagherò un prezzo molto alto.

Mi interrompo, inebriato da un discorso il cui senso io stesso non riesco a comprendere. L'emozione all'altro capo del telefono ha preso il posto delle parole, cosí mi sento in dovere di continuare.

– Sono dispiaciuto, davvero, molto dispiaciuto delle nostre incomprensioni e mi dico che se avessi fatto di piú per rendere leggibile la mia anima, forse tutto questo non sarebbe successo –. Mi fermo, non so piú come andare avanti.

– Grazie, Vittorio, – mi dice la voce di Umberto.

Chiudo la conversazione e vado a sedermi sul divano, estenuato.

25.

La mediocrità è come lo zucchero: ce n'è di grezza e di raffinata. Quella grezza ti porta al massimo a dire luoghi comuni sul governo in metropolitana, mentre quella raffinata per bene può permetterti anche di riscuotere un certo successo sui social.

Disteso in terra, mentre fisso il limitato e bianchissimo firmamento del mio soffitto, ripenso a tutta la banalità che ho liberato per il mondo nel corso di questi anni, con i compromessi, le battute tirate via, i lavori accettati solo per denaro o per la viltà di rifiutarli.

La verità, credo, è che il talento è la piú spietata forma di razzismo che esista, puoi esserne escluso nonostante tutti i tuoi sforzi, il tuo impegno, il tuo desiderio di successo.

Per fortuna, oggi non è piú indispensabile.

Non mangio nulla da ieri mattina, ho guardato la televisione per ore, prima un film, poi una serie, poi un programma dove cantavano e litigavano, un altro in cui cucinavano e litigavano e infine uno in cui litigavano e basta.

Ho un buco nella canottiera, piccolo, in basso a sinistra.

È successa una cosa incresciosa: mentre scrivevo il pezzo per il giornale, mi sono addormentato. Stavo infiorettando alcune facezie dimenticabili su una cantante che ha quasi allagato il suo condominio per annaffiare i fiori regalati dai fan, quando la testa s'è staccata dal collo ed è precipitata sulla scrivania.

Ho dormito due ore secche.

Mi sono svegliato grazie al trillo del telefono, era un tizio dal giornale che mi faceva presente che l'articolo non era arrivato. In effetti non lo avevo spedito. Anzi, non lo avevo proprio finito di scrivere.

Erano le ventuno e quaranta.

Mi sono spicciato a suonare la mia solita sinfonia sulla tastiera del computer, ho riletto di corsa il frutto del mio affanno e ho mandato il pezzo alla segretaria del Direttore, come sempre.

Stamattina però l'articolo sul giornale non c'era.

Forse l'ho mandato troppo tardi, d'accordo, un tempo però una cosa del genere non sarebbe successa. Agli inizi della nostra collaborazione, le mie venti righe erano considerate un fiore all'occhiello, pareva che i lettori non aspettassero altro, che tutti gli altri articoli sulla prima pagina – dalla politica interna alla cronaca nera – avrebbero anche potuto scomparire.

Certo, sono poche le storie d'amore che conservano la stessa intensità dei primi mesi con il passare del tempo.

Non ho telefonato per chiedere spiegazioni, un po' per orgoglio, un po' perché mi sentivo in colpa per il ritardo.

Oggi Gloria è venuta a cercarmi, ha suonato alla mia porta una, due, tre volte. Ho visto dallo spioncino che si trattava di lei, la mano è andata alla maniglia.

Non ho aperto.

Lei è rimasta per due minuti in attesa, perplessa, come se sapesse che ero in casa. Poi se n'è andata, ma prima di prendere le scale s'è voltata verso lo spioncino e ha fatto un piccolo gesto con la mano destra, una via di mezzo tra un saluto e un incoraggiamento.

Mi chiedo se non si annoi mai a essere sempre cosí nel giusto.

Tutto mi appare sospeso, mentre guardo il cortile dalla

finestra della camera da letto: il cespuglio di mortella, il cedro, la magnolia e l'altro alberello senza nome si muovono piano al suono di una musica che non riesco a sentire.

Floriana è un frutto della mia immaginazione, ormai mi sembra chiaro; persino mia madre, il cui eccesso di presenza ha accompagnato sin dall'infanzia la mia vita, è diventata un monumento alla sporadicità.

Va bene cosí, va piú che bene, io scruto dalla finestra e guardo la televisione e penso a tante cose e sto male.

Mi è tornato in mente un trafiletto che da ragazzo scrissi contro il preside sul giornale del mio liceo, piú di vent'anni fa. Credo sia stata la prima volta che mi hanno detto che ero bravo. Non ne conservo neanche una copia.

Penso che questo palazzo sia un bastone della pioggia, un tubo che contiene decine di persone come pezzi di conchiglie e pietruzze. Ogni palazzo è cosí, ogni palazzo produce il suo suono e ognuno è diverso dall'altro.

Penso che la potenza dell'equivoco sia la grande forza che fa girare il mondo: veniamo fraintesi e fraintendiamo di continuo, a nostro vantaggio o a nostro discapito.

Penso che se tutti i saputelli del mondo venissero puniti in un giorno prestabilito dell'anno, quel giorno sarebbe davvero una grande festa, come il Natale.

E per oggi, basta cosí.

26.

Il fantasma appare davanti al cancello del condominio verso le otto del mattino.

Io sono già in piedi, di vedetta dietro le persiane accostate. Un'utilitaria scura con il paraurti sfigurato abborda il marciapiede e il fantasma scende con grande cautela, come un astronauta che sta per sbarcare sul suolo lunare. Rimane per qualche secondo a parlare con il guidatore attraverso il finestrino aperto del passeggero, poi con una borsa sportiva in mano attraversa il cancello e si dirige verso il portone. Sento il tonfo del battente che si richiude, poi piú nulla.

Resto ancora un po' di vedetta a osservare quello che accade in strada. Passa la solita gente con i cani da svuotare, tra cui il nostro Jack accompagnato da un capellone che sembra il chitarrista di un gruppo rock minore. Poco dopo tocca a un paio di corridori della domenica, quindi a una signora sulla cinquantina con la chioma color platino e dei tacchi che fanno pensare a un artista di strada sui trampoli. Mi pare che proponga una valutazione del suo usato decisamente eccessiva.

Vado a rimettere a posto per l'ennesima volta il mio armadio, leggo un articolo sulle tartarughe di mare che vengono ripulite dal petrolio e dal catrame con la maionese, poi riprendo a lavorare all'acquerello di un piccolo panorama urbano. Un passatempo da carcerato. In fondo, è quello che sono.

Mentre coloro di verde pistacchio una torre inverosimile che sembra uscita dalle fantasie piú spinte di Escher, suonano alla porta.

Interrompo subito le mie numerose attività: le pennellate sulla carta, il ritmare del piede destro sul pavimento e il mantice dei polmoni.

Suonano ancora, stavolta piú a lungo.

Un antico senso del dovere si risveglia in me come un dinosauro dagli abissi del mare in un film giapponese. Se hanno suonato due volte, e con tutta quella veemenza, devono essere spinti da un motivo serio: ho sentito dire che ne esistono.

Ma rimango ancora seduto. Sento due passeri azzuffarsi sul terrazzino, mi concentro sui loro rumori.

Il campanello entra in azione di nuovo. Chiunque sia lí fuori, non ha intenzione di mollare.

Raggiungo la porta e mi dico che, se controllassi chi è dallo spioncino, probabilmente finirei per non aprire. Cosí, apro senza verificare.

È il fantasma che ho avvistato in strada mezz'ora fa.

Ci sgomentiamo a vicenda per un istante, poi lui fa qualcosa che va contro tutte le indicazioni sanitarie del momento. Mi abbraccia. Credo abbia la sensazione di stringere un palo della luce. Quando si stacca, lo guardo in faccia e finalmente lo riconosco. È l'idraulico Bruzzoni, dimezzato dalla malattia.

Disseccato, inaridito, ha perso una tale quantità di sé da non sembrare piú lo stesso individuo. La pelle è tirata sugli zigomi e sulla fronte, flaccida sul collo, le rughe celebrano il loro trionfo occupando militarmente tutto il suo volto.

– Voglio ringraziarla per quello che ha fatto per mia moglie.

– È stata Gloria! – rispondo, non con il tono di chi vuole condividere un merito ma con quello di chi cerca di buttare su spalle altrui una grave colpa.

– Ero affamato e mi avete dato da mangiare, assetato e mi avete dato da bere... – replica Bruzzoni.

– Ma per carità, non lo dica neanche per scherzo... giusto un paio di confezioni di riso...

L'idraulico però non è disposto a farmela passare liscia.

– Per tutto il tempo che sono stato ricoverato, la mia preoccupazione piú grande era Elena. Le avevo lasciato pochi soldi... grazie, grazie di cuore.

Sono pronto a svuotare la dispensa e a consegnargli tutto il contenuto, purché se ne vada. Lui mi parla ancora un po', ma io non lo sento. Poi tenta di abbracciarmi di nuovo, riesco a spintonarlo fuori e a chiudere finalmente la porta.

Dio mio, salvaci dai riconoscenti.

Torno in soggiorno e accartoccio l'acquerello che sto dipingendo. Anche la bruttezza deve avere un limite.

Mi sembra ancora una volta di sentire tutti i sintomi della malattia, mi misuro la febbre e il bip del termometro mi avverte che la mia temperatura è di trentacinque gradi. Forse il virus l'ho preso a freddo.

Trascorro quaranta minuti a fissare la parete alla mia sinistra. La trovo perfetta.

La televisione dice che, quando finirà questo lockdown, non se ne potrà piú fare un altro, anche se l'epidemia dovesse continuare a tormentarci. Le ripercussioni sull'economia del Paese sarebbero troppo gravi.

Insomma, dopo esserci fatti due conti abbiamo capito che non possiamo permetterci di sopravvivere.

Ecco una notizia veramente allarmante.

Uno studio internazionale rivela che non ci sono mai state tante nascite gemellari come in questo momento. Il fenomeno è riconducibile al frequente ricorso alla procreazione assistita: adesso per ogni mille neonati ci sono dodici gemelli, con un incremento che in alcune parti del mondo raggiunge addirittura l'ottanta per cento.

I motivi di preoccupazione sono evidenti. Considerata la qualità media dell'essere umano, produrlo in duplice copia può rappresentare un grande pericolo.

Spedisco il pezzo e mi accorgo che lo sportello di un pensile della cucina è leggermente storto. Ci lavoro mezz'ora con il cacciavite, stringendo un paio di viti a croce. Alla fine lo guardo ed è ancora piú sbilenco di prima: un qualche risultato quindi l'ho raggiunto.

Sono un po' di giorni che non sento piú la moglie del barista gridare attraverso il pavimento, può significare che quei due hanno trovato un punto di equilibrio oppure che lui l'ha presa per il collo.

Di sicuro non andrò a controllare.

Mi siedo sul divano e mi lascio caramellare dai ricordi.

Quando avevo diciassette anni ero innamorato, ricambiato, di una ragazza della mia scuola, Luciana.

Quando cercavamo di organizzare per uscire insieme succedeva sempre qualcosa.

Una volta venne giú il diluvio per tutto il pomeriggio, un'altra il padre si ruppe una costola, un'altra ancora cadde un albero sul suo palazzo e arrivarono i pompieri per rimuovere il tronco e i rami piú alti che le avevano devastato il terrazzo. Erano segnali con cui il destino, in maniera fin troppo appariscente, ai limiti dell'esibizionismo, cercava di dirci che non eravamo fatti l'uno per l'altra. Andasse cosí tutte le volte, ci sarebbe forse qualche vittima ma si eviterebbero un sacco di divorzi.

Queste sabbiature nel passato non mi fanno bene, contribuiscono a scostare la realtà dalla mia vita piú di quanto già non lo sia. È come se mi scostassi da solo la sedia da sotto il culo, diciamo.

Ho davanti a me gran parte della giornata e non mi rimane che muovermi su e giú per la mia gabbia, come ho visto fare a quel lupo spelacchiato nello zoo di un parco nazionale.

Apro un po' di cassetti, li richiudo, un vecchio fumetto mi saluta da un tiretto della credenza del soggiorno.

Vorrei andare sotto casa di Floriana e fingere d'incontrarla per caso, ma per farlo dovrei uscire di qua, un'operazione che al momento mi risulta impossibile. Sono convinto che lei se lo aspetti, in questa nostra partita a scacchi ora sarebbe il mio turno. Se Floriana riuscisse a capire che non sono in grado di muovere alcuna pedina e decidesse di venirmi incontro, mi dimostrerebbe di essere pervasa da una laicissima grazia, e io le sarei molto riconoscente.

Lo scenario che vedo dalla finestra è sempre lo stesso, un documentario noioso nonostante la tanto decantata doppia esposizione del mio appartamento. Ci sono solo persone che passano, tutte convinte di avere un valido motivo per andarsene a zonzo nonostante le raccomandazioni del governo e della televisione.

Il mondo ci ricorda di continuo che non gli serviamo: sei un ragioniere? Ne abbiamo a migliaia. Vuoi fare il cardiochirurgo? Non crediamo che quelli che già fanno questo mestiere abbiano bisogno di te.

C'è un ragno sull'armadio della camera da letto. Non riesco a capire che progetti abbia, come immagini la sua esistenza da qui a stasera. È un ragno medio, un ragno qualunque, in qualche modo mi somiglia. Rimango a guardarlo per un po'. Non so perché, ma di fronte a un ragno in casa sentiamo sempre il dovere d'intervenire. Lasciamo correre tante cose, ma questa no. Non è una presenza che riusciamo a tollerare, anche se in fondo ci crea meno problemi degli acari o dell'inquilina dell'interno 9.

Che vogliamo fare?

Decido di lasciarlo salire su un foglio formato A4 e depositarlo da qualche parte. Lui all'inizio sembra voler collaborare, ma appena si trova sulla carta incomincia a correre verso la mia mano. Per il disgusto, lancio in aria il foglio e l'aracnide va a rintanarsi sotto un mobile.

Non ha compreso il mio intento amichevole, la mia determinazione a salvarlo da una sorte feroce. L'umano illuminato è già scomparso, sostituito dal primate: sposto il mobile, lui esce, io lo schiaccio. Gli ho dato una possibilità, non sono poi cosí tanti quelli che possono dire di averne avuta una.

Allargo con il dito il foro sulla tappezzeria della poltrona verde, fino a due settimane fa avrei cercato di coprirlo posandoci sopra con finta disinvoltura una felpa o un maglione.

Il vuoto di queste ore è un acquario nel quale mi muovo fiaccamente, senza un'alga, un'anfora, un sasso dietro cui nascondermi e trovare una mezz'ora di pace. So che dovrei scuotermi, forse addirittura agitarmi, ma non lo posso fare, per quanto lo desideri. Sono l'ultimo degli uomini a meritare di vivere una situazione come questa, e lo dico con tutta la mancanza d'obiettività di cui sono capace (e non è poca). Qualcuno suona al citofono. Una contingenza inconcepibile, una variabile non prevista e impossibile da gestire. Convoco l'unità di crisi e la sua decisione è che io non mi sposti di un millimetro da dove sono.

Andranno via.

Fuori dalla finestra, nel mondo, un tale ha aperto il cofano della sua utilitaria e guarda sconsolato lo stato del motore. Una piccola emergenza che affiora da una grande, come una smagliatura su una calza durante un terremoto. Alla fine richiude il cofano e si allontana a piedi, con le mani sporche di grasso che prendono le distanze dalla giacca blu di seta.

Silenzio.

Se ne sono andati, chiunque fossero.

Sono rimasto mezz'ora davanti alla mail che mi proponeva l'acquisto di auricolari subacquei completamente impermeabili e dotati di batteria a lunga durata.

Ho cercato di trovare un presagio in questa proposta, una profezia che mi anticipasse qualcosa sul nostro futuro, ma quegli auricolari rappresentano un oracolo difficile da interpretare. Dopo averci riflettuto su a lungo, l'unico messaggio plausibile mi sembra sia arrivato dalla batteria, la cui lunga durata potrebbe significare «porta pazienza».

Scendo a controllare se nella cassetta delle lettere c'è qualcosa d'importante e incrocio Amedeo con la Cantarutti. Lui è pulito e stirato come un vestito della domenica, lei lo porta a braccetto e la sua espressione ricorda molto da vicino l'orgoglio.

Mi fa piacere vederlo cosí ben messo, accudito con dedizione e tirato a lucido. Non sembra riconoscermi, quando mi passa accanto. La Cantarutti invece inarca le labbra e mostra i denti, in un movimento reso meccanico dalla sua scarsa attitudine al sorriso. Poi, miracolo, indossa la mascherina.

– Grazie, – sussurra mentre mi sfiora.

– Dovere, – le rispondo.

Oltrepassano il portone e spariscono nella città malata.

La cassetta è vuota e risalgo, ma molto lentamente, cercando di riempire la maggior quantità di tempo possibile con quelle poche rampe di scale.

Rientro in cella, accompagnato dal senso di rassegnazione all'ineluttabile dell'ergastolano. Riprendo ad armeggiare con lo sportello del pensile della cucina, che aveva vinto il primo round. Dopo una decina di minuti di corpo a corpo si aggiudica l'intero match, mi complimento con lui e lascio perdere.

La telefonata a mia madre è asettica, incolore, una chiacchierata con un'anziana operatrice di call center che risponde con precisione imperturbabile alle domande.

Finché non mi parla di Eugenio.

– Vorrei che mi accompagnassi a trovarlo, appena sarà possibile...

Negli elenchi di parenti e vecchie conoscenze che spesso le madri attempate sciorinano ai figli in visita, anche se telefonica, questo Eugenio non l'ho mai sentito nominare.

– Eugenio chi? – sono solo capace di dire. Allora mi spiega.

– Un giorno andammo al cimitero, io, Bice e Camilla. Avremo avuto sedici anni. Bice era stata incaricata da una zia di portare un po' di fiori sulla tomba della nonna. All'epoca sulle tombe si mettevano i garofani. È un fiore che non si vede quasi più, ci hai fatto caso?

Devo dare ragione alla mamma sulla sparizione dei garofani, poi le chiedo di continuare.

– Insomma... mentre cercavamo la nonna di Bice, ci siamo trovate di fronte un loculo sul quale c'era la foto di un giovane, giusto un paio d'anni più grande di noi. Il ragazzo più bello che avessimo mai visto. Siamo rimaste lí davanti un'ora, a guardarlo. Si chiamava Eugenio. Abbiamo deciso che saremmo tornate ogni anno a trovarlo tutte insieme e a portargli dei fiori. E cosí è stato. Quando Camilla è venuta a mancare, abbiamo continuato io e Bice.

– Ma avete saputo chi è questo Eugenio... com'è morto...

– No... non abbiamo mai voluto saperlo, non aveva importanza... era il nostro Eugenio, talmente bello e dolce che le anime del Purgatorio lo avevano voluto con loro il piú presto possibile...

Mi auguro che le anime del Purgatorio non mi trovino simpatico. Per fortuna, non ho mai pregato per loro.

– Mi ci porti a trovarlo? – ribadisce con stanchezza antica mia madre.

– Certo che ti ci porto... quando sarà possibile... con l'occasione, magari, andiamo a trovare anche papà, – le rispondo, e forse sono un po' geloso. La saluto con tenerezza, perché questa volta m'è parsa indifesa, non ha cercato di piazzare nella mia cittadella nessun cavallo di Troia, mi ha lasciato comprendere tutta la fatica dei suoi anni e la paura della fine.

Mancava solo il rimorso, nella comitiva dei miei sentimenti negativi: adesso possono organizzare tutti insieme un bel picnic.

Ho qualche difficoltà a ricordare che giorno è, alla fine opto per martedí, un giorno onesto e laborioso, lontano dal sabato ma privo del senso di disperazione del lunedí.

Poi mi siedo in cucina e attendo che accada qualcosa. Quando fuori comincia a fare buio, mi convinco che non è il caso d'insistere.

27.

Era un buon articolo, non il migliore che abbia scritto ma un buon articolo.

In Corea del Sud hanno inventato il campionato del mondo per nullafacenti. Chi riesce a non fare assolutamente niente per novanta minuti, vince. Un medico controlla la frequenza cardiaca dei concorrenti, quello che ce l'ha piú tranquilla e regolare si porta a casa la medaglia d'oro. È ovvio che in Oriente una gara come questa assume un valore filosofico: dobbiamo imparare a vivere seguendo ritmi piú umani, senza affannarci a correre dietro alla chimera del successo e piripí e piripà.

Io mi sono limitato a rimarcare come gran parte delle nostre Commissioni parlamentari costituisca uno straordinario vivaio di talenti per uno sport del genere, atleti che potrebbero legittimamente ambire a un piazzamento prestigioso in un campionato cosí innovativo.

Non il migliore dei miei articoli, ma un buon articolo.

Però non è stato pubblicato. Ho passato in rassegna l'elenco delle possibilità, i motivi che avrebbero potuto impedirne la divulgazione, ma non m'è venuto in mente niente di credibile.

Allora decido di telefonare.

Mi accontenterei di parlare con un qualunque redattore, invece la voce che mi risponde, dopo una breve pausa, mi comunica che il Direttore vuole parlarmi. Non ho la tempra necessaria per rifiutare di parlare a un Direttore.

– Ciao Vittorio, come stai?

– Dimmelo tu come sto.

– Speravo che facessi un salto qui al giornale...

– Ormai mi sposto con la facilità di un trumeau del Settecento.

Mentre parliamo sento crescere in me una diffidenza che mi appare immotivata solo perché non conosco ancora il motivo validissimo che ho di coltivarla.

– Voglio dirti subito che ti ho evitato la querela da parte del Banco Meneghino... abbiamo fatto un po' di teatro, gli ho regalato un paio di pagine di pubblicità e la cosa è finita lí...

Il pericolo non è scampato, nonostante le apparenze: il serial killer viene sempre dato per morto ma poi rispunta assetato di sangue nella scena finale del film.

– Però?

– Stiamo limitando l'apporto dei collaboratori esterni, sono spese che pesano sul bilancio... i tempi non sono semplici per la carta stampata, lo sai... l'Editore non vuole che sul giornale ci siano rubriche fisse... il che non significa che, di tanto in tanto, non ti si chiami per scrivere un pezzo di costume...

Si sono accordati con il Banco Meneghino e la mia tumulazione fa parte del pacchetto.

Dopo dieci anni insieme, vengo accompagnato alla porta nell'arco di una telefonata. Mi ritrovo senza un lavoro, con una firma conosciuta e alcuni premi su una mensola impolverata del soggiorno, ma senza un lavoro. Non mi viene affatto da prenderla con umorismo, il che toglie del tutto la già scarsa credibilità al mestiere che faccio.

Mi metto seduto in terra, con le spalle poggiate al muro. Considero quanto denaro mi rimane in banca e per quanto tempo potrà bastarmi. Non mi resta molto ossigeno nelle bombole. Sempre queste maledette metafore che mi tormentano da una vita.

Dovrò inventarmi qualcosa.

Potrei fare il giro dei vicini e chiedere la restituzione

delle cibarie che ho elargito loro con troppa faciloneria. Un finale di partita patetico, che però mi garantirebbe una discreta autonomia alimentare.

Potrei mettermi al telefono e propormi subito ad altre testate, fingendo di essere stanco del rapporto con il mio giornale. Ho l'impressione però che tutti ormai sappiano tutto, e che nelle redazioni dei quotidiani mi definiscano già «il decaduto».

Potrei scrivere per un comico, propormi come sceneggiatore di fiction, tanto quelle le può scrivere chiunque, come paroliere per un cantante oppure potrei fare ripetizioni d'italiano a studenti zucconi.

Tutte ipotesi che mi atterriscono. Mi domando quanto tempo passerà prima che mia madre s'accorga che sul giornale non ci sono piú i miei articoli, probabilmente un paio di giorni. Quando le racconterò la verità mi prospetterà scenari apocalittici, perché lei me l'aveva detto, me l'aveva detto, me l'aveva detto che non ci si guadagna da vivere cosí: adesso il suo ragazzo finirà ubriaco di limoncello sulla banchina di una fermata della metropolitana.

Ho bisogno di piangere sulla spalla di qualcuno che mi conforti con delle menzogne marchiane e mi garantisca che in fondo si è trattato di una fortuna, perché merito di meglio di un quotidiano imbolsito. Qualcuno pronto a infilarmi venti euro in tasca quando sarà il momento, per capirci.

Non posso rimanere in casa e non posso neanche uscire, ma forse esiste una via di mezzo.

Infilo la giacca e mi presento alla porta di Gloria. Per fortuna, c'è. Esserci è la sua specialità, il suo marchio di fabbrica, il suo telepass per il Paradiso. Le racconto quello che mi è successo e aggiungo alcune riflessioni sull'iniquità del mondo ma senza esagerare, certe cose mi aspetto che le dica lei.

Gloria passa dallo stupore all'amarezza, esattamente come immaginavo. La pista d'atterraggio per il compatimento è pronta, basterà solo che guidi un po' la manovra.

– Non abbatterti, sei cosí bravo…

«Cosí quanto?» starei per domandarle, ma mi freno in tempo. Le chiedo un bicchiere d'acqua, un desiderio irrifiutabile nella sua tragica semplicità.

– Sai meglio di me come funzionano certi meccanismi, tu hai solo fatto con onestà intellettuale il tuo lavoro, hai scritto quello che ritenevi giusto scrivere…

Sono un uomo disperato, l'attenuante perfetta per fare una sciocchezza.

– Sei molto cara… ma forse il tuo parere è influenzato da un fatto… un fatto che ti fa essere indulgente nei miei confronti…

Com'è ridicolo il lessico che usiamo in certi momenti, un repertorio di parole già dette che indossiamo come un'imbragatura per non sfracellarci contro un sentimento. Gloria mi guarda senza capire.

– Quale fatto?

– Beh… magari il fatto che sei innamorata di me…

Lei sgrana gli occhi che, già grandi, si trasformano in due lampare.

Sono pentito, molto pentito di aver detto quel che ho detto, il mio pentimento è accompagnato dall'immagine struggente di Floriana che dirige un'orchestra sinfonica di Stefani.

– No, Vittorio, no… io non sono innamorata di te! Penso che tu sia una persona speciale, diversa da tante che conosco, ma non sono innamorata di te… non avertene a male, ti prego…

Scusarsi di non essere innamorati di qualcuno è l'estrema frontiera della buona educazione, la riprova che anche la gentilezza può risultare umiliante per chi la subisce. Non prendevo una cantonata di queste dimensioni dal ginnasio, quando scambiai per una bidella la nuova preside. Questa situazione è come la pizza ai quattro formaggi: se la faccio raffreddare, diventerà uno schifo. Posso dire solo una frase ma devo farlo subito, è la sola uscita d'emergenza a mia disposizione.

– Ma dài, figurati... scherzavo!

Gloria finge di crederci o forse, peggio ancora, ci crede davvero. Mi congedo in pochi minuti, il divano azzurro scotta, il pavimento anche e pure la maniglia della porta.

Torno a rintanarmi dentro il mio buco nell'albero. Sono solo le sei del pomeriggio e questo mi terrorizza: non vedo cosa possa ancora riservarmi questa giornata se non qualche altro ematoma.

Desideravo tanto che accadesse qualcosa, sono stato accontentato.

Vorremmo sempre avere piú tempo a disposizione e non ci rendiamo conto che potrebbe rivelarsi un'autentica disgrazia. Se si devono riempire le ore libere, si finisce per fare delle stronzate.

Non avendo piú niente di cui occuparmi, mi sono messo a razzolare sui social e il mio stato d'animo è peggiorato.

C'è gente che balla. Ma che hanno da ballare? Almeno sapessero farlo, invece si muovono come viene viene dentro casa loro, seguendo l'ultima melodia di successo. Ho visto donne con dei glutei giganteschi, sconosciute presenze felliniane che vantano centinaia di migliaia di adepti. Sono incappato in personaggi popolari che consigliano alla gente cosa comprare e lo fanno mettendoci la faccia, garantendo sulla qualità dei prodotti raccomandati: non potrebbe essere altrimenti, dato che li producono loro. Ho visto un cane col cappotto, una gallina aggredire un topo, un vecchio comico in disarmo leggere pagine di un misterioso filosofo francese che invita a diffidare di un milione di cose, al cui elenco io aggiungerei i vecchi comici in disarmo.

La verità, in fondo, è che non avevo capito nulla, la mia percezione della realtà è irrealistica, la mia mancanza di acume desolante. Ho travisato la piega che prendeva la querela del Banco Meneghino, il modo di essere di

Floriana, i sentimenti di Gloria, la solitudine di mia madre: insomma, tutto.

Sono un idiota, un individuo incapace di stare al mondo, una borsa dell'acqua calda che s'è convinta di essere un dirigibile. Pensare male di me è una fonte di grande consolazione, almeno mi fa sentire parte di una maggioranza.

Vado a sdraiarmi sul letto, la posizione orizzontale è quella che mi si addice di piú, mi sembra che permetta un minor attrito con la vita. Mi infilo in una bolgia di ricordi, tutti quelli sui quali ho qualcosa da recriminare, e sono tanti. Passo qualche ora ad arrovellarmi e a darmi ragione, come altre centinaia di volte in questi anni. Forse mi preoccupo del passato per prendere lo slancio necessario a preoccuparmi finalmente del presente.

Arriva il tipo del supermercato a consegnarmi un po' di spesa, ormai somiglia sempre piú al guardiano dello zoo che porta da mangiare all'orso in gabbia.

– Come va, dottore?

Va che i tuoi guadagni stanno per diminuire, amico caro, la mia alimentazione nei prossimi mesi diventerà quella di un contadino vietnamita: un pugno di riso e poco piú.

Per la prima volta, mentre lo guardo andarsene dopo la consegna, provo un vago senso di sconforto.

Torno a sdraiarmi sul letto, non ho programmi urgenti, impegni che mi pressano né crostate che rischiano di bruciare nel forno.

Avverto di nuovo tutti i sintomi del virus. Di sicuro, neanche lui vorrebbe frequentarmi adesso.

Mi propongono un corso per diventare ventriloquo. La mail che mi è arrivata mi rassicura, spiegandomi che «ventriloqui non si nasce, si diventa». Anche l'algoritmo deve aver saputo che mi hanno mandato via dal giornale. Far parlare un pupazzo mentre cerco di non muovere le labbra è una prospettiva tutto sommato dignitosa, in queste ore mi sono venuti in mente scenari molto piú mortificanti.

Per il momento nessuno sembra essersi accorto di quello che mi sta capitando, se mi aspettavo un'immediata sollevazione popolare sbagliavo di grosso.

Gli italiani ce la fanno benissimo senza di me. Anche un'ovvietà a volte può essere dolorosa. Ero convinto che un paio di colleghi si sarebbero fatti vivi, per esprimere la loro solidarietà. Dovevo tenere a mente che in questo mestiere non esistono colleghi, solo individui che pensano di fare la stessa cosa che fai tu ma molto meglio.

La lettura dei quotidiani aggrava la situazione, il mio umore s'è adagiato sul fondale come la carcassa di un sommergibile. Dichiarazioni irritanti di leader politici, piccole truffe e grandi ruberie, polemiche sulla gestione dell'emergenza dovuta al virus: le prime pagine sembrano una riunione di condominio degenerata in rissa, cioè una normale riunione di condominio.

Del resto, la democrazia è questo: lasciare libero il popolo di fare la scelta sbagliata.

Per la prima volta in vita mia sento il tempo che scorre. C'è solo un modo per fronteggiarlo: non fare nulla, permettere alle ore di scivolare via, inutilizzate, minuto dopo minuto, starsene seduti su una sedia o sdraiati da qualche parte a guardare fuori dalla finestra.

Quando hai molto da fare il tempo passa senza avvertire, a tradimento: lavori, litighi con tuo cugino, cerchi di comprare un appartamento piú grande, poi una sera ti accorgi che la pelle del collo sta mollando. Io gioco d'anticipo.

Mia madre mi ha chiamato, si è accorta che i miei articoli non escono da tre giorni. Non sono nelle condizioni di essere sincero, le ho raccontato che ho chiesto al giornale un periodo di ferie. È rimasta guardinga per un poco, ha insistito perché le dicessi la verità, poi s'è tranquillizzata. Ho ottenuto una proroga dalla sua ansia, ma non durerà a lungo.

Gloria pure mi ha telefonato, una settimana fa sarebbe venuta a suonare alla mia porta, ma dopo la mia ultima esternazione da megalomane sentimentale – anche se smentita immediatamente – ha preferito parlarmi a distanza.

Le ho detto che sto molto bene, in modo da archiviare subito l'argomento. Mi ha rivelato che Bruno ha chiuso definitivamente il suo bar, non riaprirà neppure quando questa maledetta storia sarà finita. Io e lui dunque affronteremo il nostro personale dopoguerra, e con ogni probabilità saremo a migliaia in questa situazione. A volte la vita prende una certa piega e non riusciamo piú a uscirne, altre volte succede qualcosa d'inatteso e magari indesiderato che aziona uno scambio e ci costringe ad abbandonare i nostri soliti binari.

Sono diventato noioso, un filosofo da circolo ricreativo, un pensatore da pausa caffè.

Vedo dalla finestra Jack con una signora sulla cinquantina, un'amica della proprietaria, direi. Cammina sereno, come al solito, senza badare al fatto che quella donna sia un'estranea. Fa il suo lavoro, con una professionalità non umana e una tale pazienza da far sembrare insofferente e capriccioso un monaco buddista.

A un tratto però, in direzione opposta a quella del nostro pointer, ecco apparire un altro cane, al guinzaglio di un uomo anziano. Indossa un curioso cappottino scozzese rosso e nero. Il cane, non l'uomo anziano.

L'imprevedibilità del desiderio si manifesta all'improvviso, in tutta la sua potenza.

Jack sterza bruscamente a destra per andare ad attaccar bottone con l'altro quadrupede, che dev'essere una femmina. La signora viene strattonata con violenza, sbalordita e del tutto in balia di quel cacciatore pezzato che non ha mai visto un fagiano in vita sua. Siamo di fronte all'ennesima insubordinazione all'ordine costituito attribuibile all'amore.

Annichilita da quell'ammutinamento, la signora si scusa con l'uomo anziano, consapevole di non essere in grado

d'imporre la propria volontà a quel mammifero apparte-
nente a una specie addomesticata sí da migliaia di anni, ma
che non le riconosce alcuna autorità. Il proprietario della
cagnetta incartata nella stoffa a quadretti vorrebbe sot-
trarre la sua figlioccia all'abbraccio voluttuoso di Jack che,
ignaro di tutti i minuetti che accompagnano il corteggia-
mento umano, sta tentando di montare immediatamente
la bella sconosciuta.

– Richiami il suo cane!

La donna è andata completamente nel pallone, ha mol-
lato il guinzaglio e ora tiene le mani intorno al viso, come
se posasse per una versione aggiornata dell'*Urlo* di Munch.
L'uomo anziano è preso dalla disperazione e prova ad al-
lontanare il pointer con un calcio, ma i suoi movimenti
sono lenti e macchinosi. Jack ha un progetto preciso, non
sarà una scialba pedata a farlo desistere.

Mi dispiace che un mio condomino faccia una figura
del genere, da bruto violentatore, allora apro la finestra e
senza affacciarmi grido il nome del cane. Lui per un attimo s'immobilizza e volta il muso verso di me, sorpreso che
qualcuno lo abbia riconosciuto. Quell'esitazione gli è fatale:
la femmina si sottrae e il padrone la porta via, arrancando.

La rispettabilità della palazzina è salva.

Credo che mi converrebbe davvero studiare l'arte del
ventriloquio. La mail diceva che c'è molta richiesta, il pubblico ha una gran voglia di ascoltare tizi che parlano con
la pancia. Gridare senza apparire alla finestra mi riesce
facile, tutto sommato.

28.

Il lockdown è ufficialmente finito e le seccature che ci
ha evitato in queste settimane possono ricominciare.

Ho partecipato a una breve riunione di condominio.

Sono sceso nel locale caldaie mezz'ora dopo l'orario in-
dicato nella convocazione. Somigliavamo a un gruppo di
sopravvissuti a un naufragio, avevamo tutti la stessa brutta faccia pallida, tirata, di chi non ha nessuna intenzione
di essere cordiale.

Il vecchio Bruzzoni si è avvicinato e mi ha parlato piano, la sua voce era un secchio che scendeva lentamente
dentro un pozzo. La moglie stava da parte e ci guardava
con occhi palpitanti.

Anche Bruno m'ha abbordato, ha posato una mano sulla mia spalla e probabilmente è stato il discorso piú lungo
che abbia mai pronunciato in vita sua.

Amedeo mi ha salutato con la cortesia di chi sa di cono-
scerti ma non riesce a ricordare esattamente chi sei, dietro
di lui la Cantarutti sorrideva, sulle labbra un rossetto che
aveva l'effetto di un razzo di segnalazione in mare aperto. Poi qualcuno le ha chiesto di mettersi la mascherina.

Tutti hanno mostrato riconoscenza nei miei confronti, in fatto di paladini ormai ci si contenta di poco. Ho
l'impressione di provare una specie di simpatia verso
questa vincibilissima armata, dev'essere una conseguenza del virus.

Gloria soltanto ha voluto mantenere le distanze, non perché sia offesa, credo piuttosto per il timore di mettermi in imbarazzo con la sua presenza.

Mi sento stanco, eppure sono giorni che non lavoro.

Da questa mattina, l'elenco degli «avrei potuto» nella mia testa si allunga di continuo, come le processionarie sul tronco d'un pino.

Torno a casa dopo aver approvato in assemblea non ho capito cosa. Suona il citofono.

– Non ci sei piú sul giornale!

La voce di Floriana mi entra nell'orecchio destro e in pochi secondi riempie ogni interstizio del mio corpo. La pausa che ne segue è troppo lunga per dissimulare la sorpresa che provo.

– Mi hanno mandato via, – le risponde un bambino di sette anni.

Stavolta tocca a lei non dire nulla. Ma solo per pochi secondi.

– Salgo.

Affronto il grande sforzo di non farmi trovare sulla porta ad attenderla. Rimango seduto sul divano finché sento il campanello.

Vederla provoca uno spostamento d'aria, almeno cosí mi sembra.

Ripasso il suo viso cercando di non farmi scoprire, invece lei se ne accorge e ammicca.

– La tua faccia fa schifo.

Vuole che le racconti quello che m'è successo, cioè la prima parabola discendente della storia non preceduta da una ascendente.

– Adesso stai malissimo –. Si dà la risposta da sola, gliene sono riconoscente. Poi si guarda intorno, come per constatare i danni che questo meteorite ha provocato nella mia vita. A giudicare dalla sua espressione, devono essere ingenti.

– Quanto tempo è che te ne stai rinchiuso qua dentro?

– Un po' di giorni… non saprei dirti esattamente quanti.

– Adesso devo andare. Ma mi faccio viva domani –. Mi passa una mano su una guancia, piú per constatare di che materiale è fatta che per carezzarla.

Mi convinco che è l'ultima volta che la vedo.

Invece il mattino seguente si ripresenta.

È davvero fiammeggiante, io sono piú lucido del solito e riesco addirittura ad accorgermi che è stata dal parrucchiere. Floriana conferma la tendenza: la vita delle donne che mi lasciano registra sempre un miglioramento significativo.

Parliamo, parliamo, ed è strano farlo come fossimo due amici in un bar, due pescatori lungo il fiume, due operai che mangiano panini seduti su un'impalcatura.

Vorrei ribellarmi e dirle che noi non siamo questo, che non abbiamo il diritto di starcene qui a discutere con distacco di politica e di quello che potrebbe succedere in autunno se non si sbrigano a trovare un vaccino. Noi eravamo quelli che sospiravano abbracciati. La passione però non è come l'asma, che una volta che ce l'hai non te la toglie piú nessuno.

– Dovresti uscire di qui, – mi dice. Non ce la fa piú neanche lei a chiacchierare tranquilla stando in bilico su un precipizio.

– Non adesso. Non ne ho proprio voglia, scusami…

Lei mi scusa. Ha ricevuto un messaggio sul cellulare.

– Devi andare, immagino.

– Sí.

– Ciao, a domani.

Stavolta non la rivedo piú.

29.

Sono le nove e trenta quando lei riappare sulla porta di casa mia. Vorrei abbracciarla ma allontano subito il pensiero, non sono in vena di azzardi del genere.

Mi ha portato degli integratori e un paio di boccette con dentro delle gocce che mi fa bere immediatamente, senza neanche spiegarmi di cosa si tratti.

Io naturalmente inghiottirei anche un ferro da stiro, se me lo chiedesse.

– Ti vedo bene, meglio di ieri. Ieri avevi il colorito di un geco, oggi mi sembri migliorato... – Sta cercando di stanarmi.

– Ieri sera ho avuto un po' di febbre... – metto le mani avanti.

Annaffia le piante sul balcone, ne hanno veramente bisogno. L'appartamento è sporco, Floriana cerca sul mio telefono il numero di Antonietta e la chiama, le chiede per cortesia di tornare a occuparsi di questo antro tenebroso. La parola «immondezzaio» arriva chiaramente alle mie orecchie.

– Non puoi continuare cosí... lo sai, no?

Certo che posso continuare cosí, fino alla fine.

– Ma lo so, ovvio che lo so! Ti pare?! È che in questi giorni mi sono sentito un po' fuori fase... bellissimo il colore del tuo smalto –. Tento di cambiare discorso in maniera patetica, lei mi sorride inarcando solo un lato della bocca.

– Sei furbo, Vittorio... vero?

169

– Ti sembro furbo?

– No… non tanto.

– Ho solo bisogno di un po' di tempo, – e con questa frase vorrei chiudere l'argomento. Illuso.

– Ti ho mai parlato di mio zio Croce? – riparte Floriana.

– Hai uno zio che si chiama *Croce*? Non me l'avevi mai detto… avrebbe cambiato la natura del nostro rapporto.

– Mio zio Croce doveva ridipingere il soffitto della mansarda, c'era stata un'infiltrazione o qualcosa del genere e la vernice s'era staccata… gli ho sentito dire per almeno cinque anni che doveva mettere mano a quel benedetto soffitto… ogni volta che lo vedevo saltava fuori questo discorso, da non credere…

– E poi che è successo? – Non sembra ma sono veramente curioso di saperlo.

– Poi è morto.

È una donna straordinaria, su questo non ci sono dubbi.

– Dovrei trarne un qualche insegnamento?

– Se vuoi.

Non voglio, o almeno non vorrei. Come Pinocchio, non ho intenzione di bere la medicina per il semplice motivo che è troppo amara.

– Che ne dici se ci guardiamo un bel film horror? – le chiedo, e all'improvviso mi osservo da fuori. Vedo un grosso cretino nel quale purtroppo sono costretto a rientrare, con l'angoscia del detenuto in semilibertà che la sera deve per forza tornare in un luogo che detesta.

– Non mi piacciono i film horror, Vittorio. Lo sai…

Sí che lo so, è tra le prime cose che ci siamo detti, una delle regole d'ingaggio fondamentali della nostra relazione: lei dorme dalla parte della finestra, è intollerante ai crostacei, odia i nomignoli sdolcinati e non guarda i film horror.

– …e poi, scusami, tesoro… ma non ti sembra già abbastanza un film horror quello che stiamo vivendo?

Abbasso la testa e non trovo altro da dire. Meglio, perché potrei aggravare la situazione.

Floriana raccoglie le sue cose, un senso d'irreparabile riempie l'aria, i cuscini del divano, la libreria, i mobili della cucina, la spalliera in ferro battuto del mio letto.

Lei si dissolve sul pianerottolo e questa volta per sempre.

Mi piace il rap, ma non questo.

Da un'automobile che passa sotto le mie finestre esce un ritmo sincopato, aggressivo, dozzinale: malessere giovanile all'ingrosso, un paio d'euro al chilo. Non hanno niente da dire e lo dicono male.

– Dài... vestiti.

Floriana mi prende alle spalle, è entrata in casa con il mazzo di chiavi che le ho dato quando è venuta a stare da me. Sono due giorni che non la vedo: non fai in tempo a iniziare a compiangerti che qualcuno ti scombina i piani.

– Perché? – mi stupisco.

Apre il mio armadio con la sicurezza della padrona di casa, afferra un paio di pantaloni e una camicia, poi me li porge e aspetta in soggiorno che mi cambi.

– Adesso sei carino. Pettinati.

Si comporta come fosse di nuovo la femmina titolare. Mi sento una spiaggia devastata da una tromba d'aria.

– Ecco un bel soldatino. Prendi qualcosa da mettere sopra, non fa cosí caldo.

– Io non posso uscire.

Floriana mi fissa senza espressione.

– Aspetti qualcuno?

– No, nessuno. Non riesco piú a uscire –. A chiunque altro mi sarei vergognato di confessarlo, non alla donna che vorrei controllasse il contenuto del mio portapillole in vecchiaia.

– Sono stupidaggini, – commenta lei con la sua psicologia in travertino.

– Sediamoci un po' qui. Soltanto un po', – le propongo.

Guardarla da cosí vicino mi tranquillizza, il suo odore, gli occhi e l'arco della fronte suggeriscono che esiste una bellezza davanti alla quale anche le epidemie sono disarmate. Sto attento a non dire cose che possano infastidirla, mettendo a rischio la perfezione di questo momento. Mi tornano in mente le parole di mia madre, quand'ero bambino: «Anche i bicchieri infrangibili possono rompersi, se cadono male».

Per temporeggiare, ci diciamo una decina di frasi ben disinfettate, indifferenti, il suo lavoro procede bene e io troverò presto una nuova collaborazione con un quotidiano, molto piú soddisfacente di quella che si è appena conclusa traumaticamente.

– Adesso andiamo.

Sono certo di avere un formicaio da qualche parte nel corpo, non appena lei parla sento uno strano prurito dappertutto. Per fortuna, il senso di nausea che provo mi distrae parecchio.

Abbandono il divano e tutte le sicurezze che comporta. Floriana mi spinge fuori, scendiamo giú per le scale. Il portone del palazzo suscita in me solo immagini grottesche e sgradevoli, è l'accesso al piazzale della fucilazione o la grata che si alza per permettere ai gladiatori di raggiungere l'arena insanguinata.

Mi fermo e guardo la mia aguzzina.

– È proprio indispensabile?

Non mi risponde neppure, si limita ad aprire il portone.

Il tempo è bello, non mi viene concessa nemmeno questa scappatoia. Muovo alcuni passi, poi la testa comincia a girare e barcollo. Floriana mi sostiene, sento il contatto del suo seno contro il mio braccio.

– Non andiamo mica di corsa, sai...

Inizio a respirare piano, piccole quantità d'aria. I passi sono quelli di un novantenne che ha dimenticato il deambulatore.

– Ah... allora questa è la famosa Roma di cui ho sentito tanto parlare... – Faccio lo spiritoso ma il mio intestino sta concependo un progetto che non renderebbe molto romantica la nostra passeggiata.

– Ho pensato di continuo a noi, da quando te ne sei andata –. Una frase eroica da pronunciarsi, viste le circostanze.

– Sí, anch'io.

D'improvviso quello che voglio dire non ha piú nessuna importanza, conta solo quello che ha da dire lei. Vedo passare Jack e, colpo di scena, la signora che lo tiene al guinzaglio stavolta è la padrona.

Nel mondo esterno non dev'essere successo nulla di grave, le paure di questi mesi sono evaporate; le terapie intensive e i morti, quelli che l'hanno scampata per un pelo e gli altri che non ci credono, tutto è diventato un dettaglio.

Aspetto che Floriana parli, la dinamo nel suo cervello lavora per trasformare i pensieri nell'energia necessaria a proferire un discorso solido.

– Ci sono cose di te che mi piacciono, che mi fanno pensare che tu sia irrinunciabile. Altre che mi preoccupano.

Credo che qualunque relazione, da che esiste la specie umana, si basi su un equilibrio del genere.

– Non voglio fare un errore definitivo, – dice proprio cosí, *definitivo*, – non sono una ragazzina e non posso permettermelo. Quando passiamo del tempo insieme, mi viene un grande desiderio di accudirti. Questa è una cosa che dà dipendenza, se mi capisci...

Parla seria e concentrata, non c'è traccia della libellula di cinquantotto chili che svolazzava per il mio appartamento fino a qualche settimana fa.

– Anche a me viene voglia di *accudirti*. E la cosa non mi spaventa affatto... – Vorrei chiederle di Stefano, ma addirittura io comprendo che non è il momento giusto. Mentre continuo a strascicare i piedi per terra, Floriana mi prende la mano.

– Ci tengo a te, ma ho bisogno di capire quanto.

Prendiamo un gelato, io limone e fragola. Non è poi cosí male stare qui fuori, vicino a una persona capace di darti tutta l'instabilità di cui hai bisogno.

– Adesso riportami a casa.

Torniamo indietro, nessuna delle facce che incontriamo al ritorno mi sembra già vista all'andata. Tra i passanti dev'esserci stato il cambio della guardia.

– Voglio soprannominarti Diciotto, – dico senza quasi accorgermene.

– Perché?

– Perché sei bella, sei intelligente, sei spigolosa... la somma di questi *sei* fa diciotto.

– Sei veramente un cretino.

– Allora fa ventiquattro.

Mi lascia sotto al portone, senza il bacio sul quale ho congetturato parecchio durante gli ultimi venti minuti.

Non ho piú un lavoro e non ho capito se ho ancora una fidanzata. Per invidiarmi bisogna davvero impegnarsi.

30.

La vecchia casa di Monteluce è in cima alla salita, la giornata si presenta chiara e passeggiare è un piacere. La sensazione che ho sempre provato, ogni volta che sono venuto qui, è che non possa succederti nulla di male. Naturalmente, non è vero.

Ho pochi ricordi di Perugia, ecco il motivo per cui sono affezionato a questo piccolo quartiere, lo posso attraversare senza illanguidirmi né pensare a quello che ho perso e che non potrò mai piú ritrovare.

Ieri sono stato contattato da un settimanale, uno di quelli che hanno una certa puzza sotto il naso e la cui spocchia è inversamente proporzionale alla tiratura. A propormi al Direttore è stato Umberto, roba da non crederci. Gli ha parlato di me come di un personaggio contraddittorio, un intellettuale perverso e decadente che però può sfoggiare il candore di un remigino. Insomma, gli ha parlato di un'altra persona e ha funzionato, a quanto pare. Non mi piacerà scrivere per questo committente ma per il momento va bene: ho solo bisogno di risollevarmi, non certo di essere felice.

Da quando hanno spostato l'ospedale il quartiere s'è spento, molti negozi hanno chiuso, senza il viavai dei parenti dei ricoverati gli affari sono colati a picco, il che dimostra che pure le disgrazie hanno una loro utilità.

Una signora anziana s'è imbellettata per andare a messa e cammina sul marciapiede opposto, sprecando nella landa desolata che la circonda tutta la premura del suo trucco.

Sono arrivato.

Il bel palazzo signorile è davanti a me, dalle finestre del terzo piano si può vedere fino ad Assisi. Entro nel vecchio androne e salgo le scale, mi fermo davanti alla porta dell'interno 6. Suono. Mi viene ad aprire una donna robusta, con il sorriso dei giusti, che mi fa strada. I mobili sono gli stessi di sempre, non sembrano invecchiati di un giorno, a differenza della loro proprietaria. La camera da letto è nella penombra, c'è odore di chiuso.

– Dài, forza... andiamo da Eugenio.

Mia madre è distesa sul letto, con la faccia volta alla finestra serrata. Tanto, lei ha gli occhi chiusi. Quando sente la mia voce, si gira lentamente verso di me e diventa l'incarnazione dello stupore.

– Vittorio –. Senza punto esclamativo, è solo una constatazione. Sta comunicando a se stessa la mia presenza, vuole capire se pronunciare il mio nome mi farà sparire.

A questo punto ha due strade di fronte a sé: allestire l'amarezza della madre abbandonata o sorridermi.

Mi sorride, grazie al cielo.

Vado a sedermi sul bordo del letto, accanto a lei. Mi dice che è tanto che non mi faccio vedere, il suo tono non è risentito, vuole solo farmi comprendere la fatica della sua attesa. Le mani sono calde, un poco screpolate, ancora ferme. Lei ha poco da raccontare, io mortifico gli ultimi mesi della mia esistenza raccontandoglieli in un minuto. Taccio sul fatto che non scrivo più sul giornale, glielo dirò quando sarà proprio inevitabile.

– A che punto è il saggio su Kafka?

– Non è ancora finito... – mi risponde agitando l'indice della mano destra, come si fa con un bambino impaziente di assaggiare il ciambellone che cresce nel forno.

– Peccato... avrei cominciato subito a lavorare alla prefazione.

Apro la finestra, la mamma starebbe per opporsi ma non lo fa. Adesso posso osservarla come si deve, eppure distolgo quasi subito lo sguardo: ho l'impressione netta che il suo declino non abbia piú voglia di perdere tempo. Inseguiamo i venerdí per anni, settimana dopo settimana, e il risultato è la vecchiaia.

Irene in cucina sta macchinando un tè con i biscotti, la sento darsi da fare, c'è rumore di cocci e posate. Finita la colazione, decido di tener fede alla mia promessa. Mia madre si prepara, aiutata da Irene che la veste come fosse la sua bambina.

Arriviamo al cimitero, chiedo alla mamma se vuole passare a visitare le tombe degli zii e del nonno.

– No. Oggi solo Eugenio.

La seguo per i viali alberati, dove anche la morte sembra una cosa che si possa tenere pulita e ordinata. La mia guida ha in mano un mazzetto di garofani avvolto in un foglio di carta bianca. Non ha voluto che lo portassi io. Cammina spedita, senza guardarsi intorno. Si ferma davanti a una tomba semplice, un fornetto in marmo reso opaco dagli anni.

La foto sulla ceramica, scolorita dal sole e dalla pioggia, mi mostra la faccia di un giovane poeta cui la vita non ha dato il tempo di ricredersi sulla poesia.

– Vedrai, Vittorio... piano piano le cose torneranno come prima... e ci sembrerà impossibile aver vissuto quello che abbiamo vissuto in questi mesi...

Mia madre comincia a sistemare i garofani nel piccolo vaso di rame della tomba. Le sfioro una mano e le rispondo come mi ha insegnato un amico:

– Senz'altro.

*Einaudi usa carta certificata PEFC
che garantisce la gestione sostenibile delle risorse forestali*

PEFC/18-32-03

*Stampato per conto della Casa editrice Einaudi
presso ELCOGRAF S.p.A. - Stabilimento di Cles (Tn)*

C.L. 25190

Ristampa

1   2   3   4   5

Anno

2022   2023   2024   2025